迷信的無神論者

otro loco mas

陳夏民

「是我不好。我們不也為過去付出了代價嗎？」

——海明威《太陽依舊升起》

獻給疲憊的大人

陳夏民

桃園人，做書的人，迷信的無神論者。桃園高中、國立東華大學英美語文學系、創作與英語文學研究所創作組畢業。曾旅居印尼，現於故鄉經營獨立出版社 comma books。

譯有海明威、菲律賓文豪卜婁杉作品若干，著有《工作排毒：讓你咻咻咻的工作編輯術》、《飛踢，醜哭，白鼻毛：第一次開出版社就大賣（騙你的）》、《失物風景》、《那些乘客教我的事》、《讓你咻咻咻的人生編輯術》、《主婦的午後時光》（與攝影師陳藝堂合著）等書。

目次

真正的大人是？

~~原本能是~~
~~摧毀他人~~幸福的
大魔王♡!

陳夏民是
迷信的無神論者！

帶竹柏回家給爸媽養

原本是爸媽出自興趣種的竹柏，但他們沒問過我，就逕自搬到我的工作室來。我也理所當然地把它當作禮物收下了。好幾年過去，小小的竹柏長得很好，但也因為陽臺空間不夠，被我搬來搬去，最後卡在冷氣機下面，長成一株駝背的小樹。

一開始，我沒有在它身上投注太多感情，反正就是一棵小樹，但看久了，也開始有點投射，好像在它身上看到了某個時期的自己：為了生存，而在狹窄的環境中掙扎，長得一身歪七扭八沾染塵埃，卻沒有放棄活著。

出自內疚，原本打算把它搬進屋子，當作室內植物好好照顧，但轉念一想，長到這種高度的生命還是應該筆直站在天空之下，才會感到幸福。所以又決定把它送回家。

和朋友討論了，經過一陣沙盤推演，終於找好時間把這一大盆竹柏塞進他的後車廂。那麼長的枝幹竟然能塞進車裡，實在不可思議。它直接抵到了駕駛座前，幾乎要碰觸到冷氣送風口，枝葉輕輕碰觸著我的手臂，我也輕輕捏了一下它硬硬的葉子，當作回禮與祝福。

整段路程我和朋友慢慢聊著，沒有電影裡拯救動物或人質的驚心動魄，我也沒聽到竹柏折斷的聲音。送到家之後，我簡單挪動了家門口的植栽位置，把竹柏安頓好。真是太好了。

接著我打電話告知爸媽我把竹柏搬回去了，他們沒說什麼，只是提醒門口的植栽區有另外一盆小的植物，是特地幫我準備的。我看了看，分不出他們說的是哪一盆，逕自搬走兩盆。反正都是給我的禮物，我就不客氣了。

不知道爸媽回到家看到這一株歪扭的竹柏會說什麼，但我清楚他們會細心照料它，可能先大大修剪一番，再加上支架固定吧，畢竟樹幹的確太細了。

仔細一想，這也不是第一次把沒辦法照料的生物帶回家，請爸媽照顧了。

舅舅在世時養了幾隻吉娃娃，在他開始做化療後，決定把其中一隻送給我。我雖然很想要，但考量到人在花蓮讀書，當時居住環境不適合養寵物，正猶豫不定，只能問過了爸媽，等他們同意幫忙照料，我才把狗帶回家。那時超開心，將之命名為陳如意，爸媽還嫌我把狗名取得那麼像人的名字；後來高中同學來找我時，發現這隻新生吉娃娃可以放進 Gucci 包，爸媽彷彿發現新大陸一般，急忙喚她是 Gucci。

後來，爸媽養得開心，還有很多鄰居親友上門陪玩，我也在每次回家陪伴陳如意玩耍的時候，暗自體會不需要負責任的關愛實在是太完美了。爸媽那陣子都有黑眼圈，問了才知道原來陳如意每日清晨聽見麻雀叫聲都會瘋狂吠叫，爸媽雖然算早起，但那時間點天才微亮，天天如此，身子根本吃不消。

不過爸媽還是堅持要養下去，因為Gucci對空巢期的他們來說，是很重要的精神陪伴。

他們狀況更差了，兩人的高血壓變得嚴重，醫生強調睡眠不足是主因。他們去問獸醫有沒有法子可以安撫她不要怕鳥，獸醫搖了搖頭。過了一陣子，有熟識的親戚主動說要收養，爸媽想了好幾天，決定割愛。根據他們兩個分別透漏，送養的那一天，我媽哭得誇張，就連我爸也是一臉哀愁。

我和爸媽曾經一起到親戚家探望陳如意，她看見我們開心地搖尾巴，我們抱著她，感受她的體溫，她真是我們久違的家人。回程車上，我媽忍不住痛哭，說：「我們帶她去看醫生，要打預防針的時候，她那麼小，那麼害怕，緊緊靠在我們身上。現在卻在別人家了。」雖然想要時時刻刻抱她入懷，但既然Gucci受到很好的對待，我爸媽也只能祝福了。

隔沒多久，我因緣際會在花蓮養了一隻流浪老狗，叫他陳犬。一開始沒打算告知爸媽，不料還是走漏風聲，他們異口同聲在電話那頭大喊：「你絕對不能把他帶回來喔！我們不要再養狗了！不要害我們。」不忘補上一句：「為什麼你每次都要幫狗取那麼奇怪的名字！」

我和陳犬之間發生許多故事，我見過他在獸醫診間金屬檯上瑟縮發抖，也看過他吃完肉罐頭嘴角微笑，當然也有恨鐵不成鋼結果一人一狗吵架大打出手的時候。但在他某天忽然消失之後，我覺得內心瞬間蒼老，在孤獨之中體會了許多陌生的情感，其中一種，就是我爸媽在電話中大喊過的：「我們不要再養狗了！」

從此之後，我爸媽開始養植物，把它們當作狗在養。每天為它們澆水，也定期施肥、修剪枝葉，早上顧一回，傍晚顧一回。無論我是否在家，他們都不忘分享每一株植物的成長進度，如果有幾盆植栽開花了，也會提醒我回家後一定要好好欣賞一番，甚至會主動把剛開花的盆栽搬到我的工作室，或是在我不知情的狀況下，去解救我工作室陽臺上那些長得不夠健康的盆栽。

十多年過去，在爸媽不時贈與之下（某種程度上我認為這是「走私」，他們把私人珍藏全都搬到我這兒來了），我工作室的陽臺上種滿各式植栽，有馬拉巴栗、茶花、玫瑰、桂花、左手香，還有好多好多我叫不出名字的花草，雖然有一些在我黑手指照料之下已經掰掰了，但隨著季節更替，看見有盆栽開了花或是葉子轉黃，我彷彿也能感受到某種物理性質的陪伴，享受有生命與我同在的單純喜悅。

和我爸媽一樣，我不再養狗了，但我每天都記得為陽臺上的植物澆水。

偶爾想念收驚的感覺

有時候，我會忽然想念燒符水停留在舌尖上微微的焦味……

小時候，只要我的狀況不好，例如半夜啼哭或是不知道什麼原因暴躁，反正只要不是醫學相關的那種不舒服，爸媽就會帶我去桃鶯路三元地區附近的「蕭居士」那裡收驚。

印象中，那位老伯高高瘦瘦，十分親切，而他收驚的地方看起來就像是一般書房，裝潢也跟一般家庭一樣。在那空間裡總是會有人坐著等候，偶爾大人們彼此會簡單聊天，但氣氛平靜，很自在。

那裡沒有任何神明雕像或是畫像，完全感受不到宗教氣氛，就是一間普通到不可思議的民宅，直至今日我已想不起書房的具體細節。

但我記得那只茶杯。

老伯會先問我的姓名與生辰八字，仔細寫在桌上雪銅紙廣告單的白色那面，然後拿起一只陶製茶杯，接過我媽帶去的一小袋米，將之填滿，上頭用我的衣服蓋住再收緊。準備就緒後，他嘴裡唸著一連串臺語法咒，手持被我衣服包覆且裝滿米粒的茶杯，輕壓我額頭、胸口與肢體等處，來回數次。他口中的法咒聽起來輕輕柔柔，非常平穩，如今回想仍是順耳好聽。尾聲時，他將茶杯送至我面前，要我朝之呼一口氣，隨而卸下外包的衣物，展示杯中米粒。說也奇怪，明明茶杯中本已被米粒塞得滿滿沒有縫隙，剛才也有衣物收緊包覆著，但經過儀式，原來平整的米粒表層卻變得凹凸不平，他便以凸起的米粒判讀我的狀況。「你這個是犯了〇〇忌諱，應該是有經過喪事或是動土，被嚇到了。」隨即，他將食指、中指探進前方裝水的茶杯，沾濕後將茶水彈到我身上，並重複同樣儀式數次，才宣告結束。

為什麼那些米會冒出來？這大概是我這輩子最想解開的謎團。之後，他會開一些符，並從杯中挑起七粒白米，用剛才寫有我生辰八字的廣告單折起來封好，囑咐回家後把符燒了，泡在水裡喝掉三小口。喝完之後，把七粒白米投入符水中，再拿來抹身體。我從小就多疑、怕死，一開始總是覺得不科學，還會嫌棄把紙張燒了喝下去會有問題。但我還是乖乖喝了三小口（確定沒有吃到灰），還用舌頭細細品味白開水中微微的焦味。等媽媽把符水抹在我的四肢和額頭，那天晚上我總能睡得安穩，隔天精神充沛地起床。

上了大學之後，我就不曾親自前往蕭居士那裡了，一旦遇到不太順利的景況，我便打電話遙控爸媽前往三元幫我收驚。如今我雖然已是中年大叔，但只要精神出現很難描述的不舒服感受（類似好端端的衣服忽然起了毛球），而我又無法自行調適的話，還是會請爸媽拿我的一件衣服去找蕭居士幫忙。說也奇怪，就算人不在現場，我仍彷彿感受到有儀式正在我身上進行著。很難說明，但內心深處就會覺得有一條緊繃的發條忽然鬆了下來。

我從小就是無神論者，不太相信傳統信仰儀式的價值，也清楚如果硬要，我一定能夠找到很多學說來拆解其背後的原理。但人很有趣，要能夠自在活著，只需要有一個說法支撐。一旦相信了，就可以稍微把生命的重量寄在上頭，覺得有人分擔，舒服一點。想當年，那個因為莫名煩躁睡不好而一張臉臭得不像話的小孩，在爸媽帶領之下半推半就走進那位老伯的書房，但老伯沒有擺出一副高高在上的大人姿態，好好問了我的名字，輕輕寫下我的相關資訊，然後明確地讓我明白，我在這裡很安全，離開的時候也會比較輕鬆。

當年去蕭居士那邊收驚，或許就像看醫生吧。如今回想，他與我小時候總會造訪的家庭醫師「龔伯伯」有著相同的氣質，我們都叫他龔大夫（如今早就沒有人稱呼醫師為大夫了），他和妻子經營的桃福診所曾經醫治過我各種小毛病。蕭居士、龔大夫都是安靜沉穩的大人，很有耐心，清楚自己在做什麼，並且在能力所及之下，想讓眼前的人恢復健康，不管是生理的或心情上的。這或許是那一輩人的專業風骨吧，偶爾我也好奇，自己有沒有他們的一半那麼好。

無論如何，我能夠平安長大，也要感謝他們。

多年後，我騎機車回榮華街老家繞繞，路途中發現原本在桃鶯路上的桃福診所消失不見了，回家詢問媽媽，才知道龔大夫早已過世。我順帶問起蕭居士，原來他也不在了，如今是他的兒子與媳婦接棒幫人收驚。不知道他們收驚的場所有沒有重新裝潢過？希望還是一樣普通、乾淨、明亮，希望那一串優美的臺語法咒也不曾改過……

每天Google水庫水位

我每天至少Google一次「水庫水位」這個關鍵詞，點進提供水庫水位可視化的網站「臺灣水庫即時水情」，去看看石門水庫有多少水量。以今天（二零二四年十一月十四日）來說，水位存量有百分之九十五點五，有效蓄水量則是二一零四三二點零五萬立方公尺，相較昨日，水量上升百分之零點零四。

有許多人知道了我這習慣，覺得不可思議，但他們不懂老桃園人的心情。直到二零一零年，我剛開出版社的時候，還是乖乖在浴室裡放了一只一百四十公升的橘色塑膠大水桶。覺得很奇怪嗎？不，十個老桃園人有九個會在浴室擺放塑膠水桶，因為我們從小到大停水停怕了。

我的兒時老家在龜山工業區附近的榮華街，我永遠記得三不五時，家家戶戶都要提著藍色或橘色的塑膠水桶，走到如今已不存在的小土地公廟廟埕排隊，等著當時縣政府派來的大水車送水來分。那時，颱風過後，停水！附近有工程進行，停水！不知道什麼原因，停水！

雖然不致每個月停一次，但長久下來停水的不便終究在桃園人內心鑿出了孔洞，只要外界風吹草動，就要驚慌受怕。「石門水庫不是在桃園嗎？為什麼我們會一直停水呢？」從小到大，民生用水的穩定與否隱約成了我與家人的深層恐懼。

而在幾年前，有許多熱心工程師開發了用數據看臺灣系列網站，我便開始著迷於查閱水庫水位。沒有颱風的那幾年，我深深擔憂石門水庫將會沒有水，每天查詢水庫水位，騎車上班的路上，總是對神明祈求趕快下雨。每每去大廟或土地公廟拜拜，我也要對天公伯祈求風調雨順，讓石門水庫趕快滿起來。

日前，我忽然驚覺已經好久沒有停水，查了資料，看到阿姆坪防淤隧道有助於石門水庫清淤的新聞，看到沖淤影片還忍不住紅了眼眶。時代終究是會進步的，我終於可以相信政府口中將前瞻計畫的錢花在這裡是多麼划算值得。

不過，就算如今水利工程有長足進步，也鮮少停水了，我家的一百四十公升水桶依舊服役中，我不會讓它退休的。我也保證，接下來的每一天，我都會 Google 水庫水位，我永遠都會是全世界最關心石門水庫的普通人。

只要我願意，還是可以擠進去

選擇就讀東華大學的原因？我的官方說法如下：「因為東華是新的學校。」

我喜歡新的課桌椅，我喜歡新的建築物，我喜歡新的宿舍，我喜歡一切都不曾沾染他人痕跡、還有很多空間可以發揮的感覺。事實上也沒錯。

不過，真正推動遷徙的原因，是花蓮遠離桃園，我可以得到更多自由。

後來，我得到推甄英美系的資格。面試前一天，我和母親搭火車來到花蓮，哇，山好大一片，我們都被窗外的風景給震撼到。花蓮的一切都很陌生，晚餐在旅館叫了買大送大的Pizza，兩個人吃到撐，有一種畢業旅行的感覺。隔天口試，我跟扮黑臉的系主任吳潛誠竟吵起了架，內容是關於《鐵達尼號》到底是不是爛片。還記得走出辦公室那一刻，與在外頭等待的母親對上了眼神，她熱切期盼點頭，我灰心喪志搖頭，當下只覺沒希望囉。離開花蓮之前，我們在市區吃了花蓮香扁食，彼此不發一語，當時若有對氣場敏感的人可能會看見我渾身發散出混濁的黑色毛邊吧。

不料，還是考上了。開學前，老爸租了計程車，把我所有家當都塞了進去，要送我去宿舍。那趟車程好遠好遠。看著窗外的風景，那一片無止無盡的山與海，我才隱約領悟這一切與我所想像的完全不同。

來了花蓮才知道，原本在西部生活中習以為常的物事在花蓮不一定存在。

原本對東華大學的嚮往，或許建立在嶄新的建築物上面——啊，我把對城市生活的期望投射進來了。在校園散步，總覺得天空與山脈未免離得太近。騎摩托車出門，有時還會被路邊茂盛而低垂的樹枝打臉，嘴巴如果張開開，甚至會吃到無數小飛蟲——雖然常和朋友抱怨，但蟲子誤闖嘴巴的時候我還是會呸呸呸地大笑，然後乖乖壓低安全帽的面罩。

身邊有些同學抱怨東華與世隔絕，說看不到什麼文藝演出，說沒有什麼東西好吃，一切都好無聊。於是他們週末經常回家，可能是臺北，可能是高雄。但我隻身一人享受著絕對的自由，不想常常回家，更愛上這種隨便一找都是祕密基地的簡單快樂。

難過時想要躲起來，緊張時想要躲起來，親密時想要和人一起躲起來，有太多地方可以藏，不管是早已封閉消失的保齡球館、行政大樓頂樓的平臺、幾乎沒有光害的操場長椅，或是能看見山脈與白雲的戶外游泳池，還是每逢節慶會特別點亮、被笑稱是巨大補蚊燈——裡頭充滿鴿子窩、鴿子便、飛蟲與讓人渾身發癢的奇怪灰塵的——理工大樓的燈樓，都讓那些青春狂放的夜晚不曾無聊。

任何人想過可以待的地方，我在東華的八年之間，幾乎都躲進去過。

那時還沒有智慧型手機（我當時手裡拿著的是暱稱「小海豚」的 MOTOROLA CD928，當時可是全世界第一臺可以「中文輸入」的手機），廣闊的校地也不是什麼地方都有路燈，入夜之後就是濃度百分之七十以上的黑。一開始擔心有蛇有小鳥，等蟲子吃多反而覺得無所謂了。就算起初懷抱著探險的心情，一旦躲進去某個空間，我就坐著賴著，偶爾躺在地板上。我未必知道想做什麼，只是亂想，想像未來會變成厲害的人，但那形象太遙遠，便不自覺反芻人際關係的苦惱或是深埋內心的各種祕密。那時，當我雙手抱膝藏身黑暗之中，彷彿聽見某個聲音說：「沒關係，你就做自己。」現在回頭看那些煩惱，實在好遠好小，甚至覺得是庸人自擾，但若不是當時有地方躲，我現在可能還在卡關。

從小生活在工業城市，就算眼前有一些近似自然的環境，也總在通勤上下學之間，在偶然的回望中驚覺：唉呀，兒時抓蟲子、打彈珠的廢田，其實土壤下埋了好多廢棄物；曾經以為的小河，其實是腐爛發臭的大水溝，我甚至見過水中漂浮著腐爛的水果與一頭豬屍。就算高中時終於讀到虎頭山旁的桃園高中，也因為課業的壓力不曾真正靠近自然，頂多在軍訓課烤肉時和同學們一起在山腰上的烤肉區玩耍。

「沒事不要進去虎頭山喔！」身邊好多人這樣說，不忘補充那裡很陰，山路深處發生過棄屍案……。這些耳語變成某種符咒，隱隱阻擋了我這一輩人想要隨時前往這座城市郊外小山的念頭。讀高中最接近大自然的時刻，可能是晚上留在桃園高中圖書館K書，坐膩了，便和一群同學在夜空下繞操場走，仰看滿天星斗，或是白天國文課在操場上方的大榕樹下聽課，享受微風。

雖然不上山沒有損失，在城市邊角也總有樂子，但每每在影視畫面看見類似《大河戀》海報那類小小的人被廣闊的綠色景觀包圍的構圖，內心總會生出一股淡淡的剝奪感。雖然不致對人生產生負面影響，但總覺得少了什麼，彷彿收集好久的集點卡始終缺了一兩枚貼紙。

留在花蓮的那八年（四年大學，一年教學實習，還有三年研究所），東華大學變成了我的祕密基地。可惜那時我不懂珍惜。畢竟活在這裡只要張開眼睛就是看見山、看見雲，當一切如此理所當然，自然也不會想到對未來的自己而言，今昔對照將是何等的殘酷。

畢業多年之後，我回到東華向學弟妹分享出版工作的經歷，這些臉上沒有皺紋的大學生，文靜地看著我，偶爾笑出聲音。我維持專業演講者的形象，對他們投擲精準計算過的笑話與出版知識——

他們不會知道，剛才在計程車上，當我盯著校園內那些新冒出來的建築物，比對當年記憶，覺得好陌生，甚至有些慌亂；就連此時此刻我所身處的講堂以及剛才經過時偷瞥幾眼的教室，裡頭的課桌椅都已不再是全新的，上頭有鉛筆刻痕與原子筆墨水漬，牆壁也留下些許灰黑色痕跡與幾枚指紋，這一切都讓我心潮澎湃。

但窗外還有山，山上還有雲。「回桃園之後這些年，我不曾像這樣被山和雲包圍了。」

演講結束，我一個人在校園內散步，在文學院繞了繞，在最習慣的那一間廁所解手。我盯著熟悉的牆面，暗自計算上一次在這邊尿尿是多少年前的事。後來，我想起什麼，走到了文 D104，教室裡頭有幾個學生正要從後門離開，我避開他們，躡手躡腳從前門走了進去，「以前的西洋文學概論、英國文學史、美國文學史，我是坐在哪一個位子呢？當初站在講臺上的老師們，現在又在哪裡呢？」

依稀記得大一的西洋文學概論課是早上十點開始，我經常睡過頭，梳洗後悠哉悠哉從擷雲莊去到文學院。當我和同伴站在教室後門邊，還很年輕的曾珍珍老師瞥見了，不多說什麼，頂多眼神示意：「沒關係，下一次不要遲到了。」

那個時候，我們都還很年輕啊。

現在，我已是大一新生父親的年紀了。

曾幾何時，買早餐不會有老闆叫我弟弟，在路上遇到強迫推銷沒有人喊我同學，在工作相關的場合都被尊稱一聲哥。二十多年過去，當初夜唱完還能騎車回學校上早八的我，如今去KTV對新歌排行榜已然陌生。沒想到在工作上走過某些榮耀時刻，以為已變得很強很偉大，越來越擅長虛張聲勢的自己，一旦踏上花蓮的土地，在山與雲之前，就變回當初小小的模樣。

不是降級，而是理解了的釋懷——變成大人的我，還是有地方可以藏。

無論我在外頭過得如何，有沒有長成當年期盼的模樣，曾經躲藏在這裡的時光都是真真切切的。現在的我學會與自己相處，透過漫長、安靜的等待，試圖觸碰、捉摸當時無法用文字述說的狂喜、鬱悶或卡卡的感受。我也不是孤零零地活著。曾經敞開雙臂讓我躲藏的祕密基地，曾經走進我的生命如今卻逐漸遙遠、甚至已經登出人生遊戲的老師與朋友們，就算物理性質上有所改變，但他們沒有消失，仍舊在這裡，在靜謐的黑暗或是無邊的山與雲之中。

只要我願意，還是可以躲進去。

記憶一段車站時光

以前，我對火車站有些陰影。

高中時，因為家住後站，每天校車在市區放學生下車後，我便穿越桃園火車站舊站旁的地下道，慢慢走回家。那一條地下道讓我又愛又怕。愛的是它讓我得以快速穿越鐵路回家，怕的則是地下道內總有許多經歷社會清掃而無路可去的畸零人，有男有女，有固定面孔，偶爾夾雜著新人。當時的我已不是小孩，能夠理解人有難處，但總被他們身上的氣味或是某種空氣中糜爛的酒精濃度所震懾，下意識興起恐懼，雖不至於捏鼻屏息，但總是快速走過——成年後才理解，那種恐懼並非針對他們，更不是針對當時的自己，而是面向未來的：害怕自己終有一天也被掃地出門，變成他們之一。

讀高中之前，鮮少搭火車出門。直到讀高中時，因為和同學相約去中壢的補習班上課，才開始踏入彼時的舊火車站。每週進出之際，多了一些觀察，我發現這建築物真的是，唉呀，好醜。進出月臺只有樓梯，沒有電梯或電扶梯，可以想像行動不便者若有通勤需求，每天都要穿越兩次以上的地獄迴廊。

那時，售票大廳的公布欄會張貼平交道上血肉模糊的事故照片，用以宣導交通安全。很難想像那樣的畫面，可以毫無遮掩地出現在小孩子亂跑亂竄的公共場合。我雖然從小就愛看恐怖片，週末也和老媽鎖定《玫瑰之夜》的講鬼單元，但每次經過公布欄，仍有一種受創感油然而生，我只好眼皮半開半閉，深怕看到某些畫面會導致一輩子疑神疑鬼。這大概也解釋了為什麼如今我每次騎車、搭車經過平交道都會全身僵硬，停看聽到神經質地步的原因。

我也還記得，儘管已經是中學生的我，每次走進桃園火車站還是會微微緊張，深怕搭錯車，被一路送到世界的盡頭拋棄。因為那時的公布欄上，除了屍體照片之外，也會張貼協尋失蹤兒童的資訊。我偶爾會凝視那些稚嫩臉孔，比對他們的出生年齡，猜測同校的某某人是否是上面的失蹤兒童，不然怎麼可能長得那麼像？

那就是約莫三十年前的桃園火車站，只求功能性，至於使用者的更細膩需求，沒有人在意。有一度我覺得自己不會再搭火車了，直到去花蓮讀書，離開了家鄉，才開啟之後永無止盡的火車人生。

彼時，桃園火車站舊站與其系統仍正常運轉，月臺之間沒有電扶梯相連。偶爾提著行李，就會慶幸北上的第一月臺就在閘口旁，但從花蓮回桃園時，在南下第二月臺下車，面對那一階階狹窄的樓梯以及身旁穿梭的人群，除了咒罵還是咒罵。結束學業和兵役後，家住桃園通勤臺北上班，每天賴床，總是在火車站隔壁的寄車店家停好摩托車之後，快步走到車站，踏進大門看見列車停在第一月臺，就手刀衝刺刷悠遊卡，竄進閘口在人群夾縫中鑽上車。

進站、出站之間，彷彿也經歷了幾次人生，很多事情我都還記得。

約莫大二時，曾經從花蓮搭乘午夜發車的莒光號，只為了回桃園參加高中同學的告別式。大學學長開車帶他出門夜遊，但車速過快發生意外，他被拋出車外，生命就此停格。那一夜，列車穿越了無數漆黑的隧道，廢氣隨著門窗縫隙鑽進車廂，霧濛濛的惡臭之中，沁濕的空調貼上皮膚，我恍然大悟青春無敵也是有限度的。海明威〈印第安人的營地〉（Indian Camp）最後那一句話，小尼克「十分確信自己永遠不會死」，其實不真。那趟旅途中反覆侵襲而來的，是那難以阻止的疲憊感，讓人半夢半醒，而張開眼睛時所看見的異樣天光，竟與同學最後的膚色如此相似，讓我難以忘懷。

出社會之後，有次通勤下班才剛走出舊站，便發現一名婦人對著公共電話的話筒哀號，後來經過一聽，才知道她喊著的是無盡重複的「為什麼你不來接我」。我也看過乘客為了趕車快跑而跌倒，聽過移工情侶用中文交談，看見（不分年紀、種族）讓座給老人的乘客，也看過許多人醉醺醺傻笑的樣子；印象最深刻的，是曾撞見許多令人尷尬的送行場面，我解讀著他們的複雜眼神，直到自己不幸也參與其中——站在月臺閘口前方，手上拎著還來不及送出去的禮物，目送當時的戀人背影離去，而對方不再復返。

那不是最絕望的一次。

人生當中第一次跌到谷底的絕望，一樣發生在桃園火車站舊站，就在手上提著十幾公斤塞滿書的行李箱，到臺北擺攤販售的那天。去程沒有太大問題，但回程行李箱裡的書仍有八分滿，我吃力提著行李，走下月臺，在潮濕的第一、第二月臺地下連通道中，與人流錯身而過，那時已是秋天了，但仍然悶熱。我看著寫著「出口」的黃色招牌，還有眼前那左右兩邊都可走的灰色階梯，忽然想要坐下來，連動也不動。

那樣的絕望，帶著一點點恨意，其實自己也清楚全都是針對自己而來——「為什麼要創業賣書？」但當時必須以「都什麼時候了為什麼無障礙措施還那麼差」作為宣洩的理由，不然，真的會走不下去。

過了幾年，桃園火車站舊站封閉，一旁闢了偌大的臨時新站，一向交通大打結的站前圓環也有所改善。雖然沒辦法像過去一樣，只要手刀奔跑就能從門口快速穿進月臺上車，但我喜歡搭著電扶梯上站的感覺，這讓我不用擔心膝蓋會因為提重物而疼痛。

再後來，我也邁入前中年了，身體教會我控制時間，不再匆匆忙忙。每次走進新站，只要還有餘裕，我喜歡站在通往購票大廳的通道轉角，俯看舊車站的月臺和那一列列通往遠方的軌道；也喜歡站在閘口，抬頭凝視寫滿車次資訊的電子告示板。那些閃著亮光、密密麻麻的數字，總會讓我覺得人生還有選擇，我還是有地方可以去的。

偶爾，我會想起舊站，和那名對著電話哭喊的婦人，不知道電話那頭的人去接她了沒？希望她們牽著手回家去了。

反殺麥克．邁爾斯的女人

依稀記得，在幼稚園快畢業還是小學剛開始的時候，有一陣子三臺新聞都熱中討論陸正案，那時我還不懂得怎麼寫「票」這個字，卻已經學到「綁票」這個詞的定義。於是在巷子玩耍的時候，只要有陌生人騎車經過，我總是緊張兮兮，深怕被壞人綁票就再也回不了家。

儘管擔心綁架事件，我下意識卻覺得這件事離我有些遙遠，一方面是國小放學回家時，我們總有小路隊，大家會一起走路回家，雖然在路上總得穿越幾個墓仔埔（還看過撿骨儀式，在原地曬起祖先骨頭，當下小朋友真的全身爬滿雞皮疙瘩差點嚇死）；另一方面我不是鑰匙兒童，媽媽總在家等我，不肯賜給我一個人在家玩耍的機會，只會逼我做功課。

沒過多久，某日下午我剛回到家，還沒脫下書包，媽媽忽然表情嚴肅地告訴我，哥哥的家教老師遭逢厄運，她的女兒下課回到家，被樓上的廚師鄰居侵犯不成殺死了。「以後你要更小心，要留意壞人。」不久，我有機會遇見那位老師，也親耳聽見了她下班回到家之後，掀開棉被所目睹的慘劇。直到現在，我都清楚記得她當時的表情，還有從她口中聽見的場景描述。

我不解，真的不解，為什麼神明要讓無辜的小孩發生那樣的事情呢？但聽聞親近的人發生這般慘事，才國小的我，腦海中被植入了暴力的陰影。

誰知道，上了高中，暴力的形式繼續突變，影響了更多的人。桃園縣長劉邦友在官邸被歹徒行刑般槍殺，直到今天都沒有人知道兇手是誰。我記得國中的時候，因為桃園舉辦區運，我和其他同學一起到新蓋成的桃園體育場排字卡演出。那時，劉縣長也有來，我們都看過他意氣風發的臉，聽過他中氣十足的聲音。豈料印象中的厲害人物，竟然死得那麼悽慘。

那一陣子，整個桃園瀰漫著奇怪的氣氛，每個人都議論紛紛，走在街上看見陌生臉孔都會先看看對方腰際是否有槍。「如果連縣長都會被殺死，我們小老百姓怎麼辦？」這樣的對話，幾乎在每一家小吃攤都會聽到。於是，家長們也特別叮嚀小孩，一定要注意安全，若遇到兇神惡煞，一定要避開，絕對不能四目交接。

過了一年，桃園人對劉邦友命案的恐懼稍微淡了一些，臺北卻又發生了白曉燕命案，而兇手竟逃逸成功，那時每天打開電視看新聞，都會聽到兇手可能的移動路線。每日每夜，記者戲劇化的聲音始終不停：他們移動到哪裡了，要請該地區的民眾小心……聽著聽著，我深埋內心久違的綁票恐懼症忽然就被喚醒。每天出門，我都要確認門窗是否關緊；走在街道上，我開始害怕照明不佳的區域，總是避開，若前方有形跡可疑的人，我必定繞路。

當兇嫌落網，甚至被處以死刑之後，我相信一般民眾擔心被綁架、被暴力對待的恐懼並沒有徹底消失。有些恐懼像是會傳染似的，一個接著一個，讓好好的人染上陰影，讓他們不太敢自由地走在黑暗的街上……

多年過後，我看了《月光光心慌慌：萬聖結》（Halloween Ends），當年唯一倖存於麥克・邁爾斯（Michael Myers）魔掌的洛莉・史特羅（Laurie Strode）如今已是白髮蒼蒼，她與孫女協力擊倒殺人魔，揭開了那張斑駁破爛的面具，發現面具下也只是一名普通老人。但這一張面具卻像是某種傳染病一般，透過殺戮，將邪惡與痛苦散布城鎮之中，污染了眾人之心。

儘管麥克．邁爾斯早已死透，但洛莉．史特羅清楚他的死訊不足以消除眾人內心的恐懼。於是她與城鎮的居民們主持了一場私刑，先是把殺人魔的屍體綁在車上遊街，最後在眾目睽睽之下，將之投入工業壓碎機之中，攪個粉碎。

當我看見麥克．邁爾斯的屍首被徹底破壞，旁人肅穆以對的場景，忽然流下了眼淚，彷彿身處遙遠時代的希臘悲劇現場，見證悲愴的宗教儀式。雖然我不贊同死刑與任何形式的以暴制暴，但卻能理解這種原始部落一般的殘酷儀式，或多或少解放了被暴力摧毀幸福生活者的悲傷，敲碎他們心中的恐懼。

雖然我知道麥克・邁爾斯終究會在另一個《月光光心慌慌》（Halloween）電影宇宙裡復活，但我真心為潔美・李・寇蒂斯（Jamie Lee Curtis）所飾演的洛莉・史特羅感到欣慰，好想用力抱著她，大聲祝福她——在這個宇宙裡，她終於成功反殺了當年將恐懼深植在她內心深處的惡魔。她逃了一輩子，如今終於可以喘一口氣，安心度日了。

失去界線的人

一直以來，我自認熟悉海明威的短篇小說〈一個乾淨明亮的地方〉（A Clean, Well-Lighted Place），畢竟閱讀不下百次，自己還曾翻譯過，但直至最近才發現生命經驗在某種程度上害我誤讀，不，害我偏離了更多詮釋的可能性。

這一篇短篇小說打造了文學史上最有名的咖啡店，故事描述一老一少兩名店員在觀察店內買醉的年邁客人——這名老人可有錢了，穿著體面、舉止得體，但前陣子才自殺未遂，被他姪女救了下來。兩人針對老人的對話以及觀點，一來一往折射出截然不同的價值觀。

年輕者始終不解，為什麼那麼晚了，他們還不能下班，他從來不曾在三點之前睡著過，他只想趕緊回家陪老婆。單身獨居的年長者則是感嘆可能有人還會需要這家咖啡店，他想繼續加班，因為除了工作，他什麼都沒有。

老人的遭遇牽動了我善感的那一面，讓我每次討論這個文本時，只看見年輕服務生的缺點：為什麼他無法體諒年邁客人買醉的需求（他很有尊嚴，不是鬧事的酒鬼啊）？讓年邁客人可以好好待在這一個乾淨明亮的地方，有什麼不好呢？

我也把自己投射在年長服務生的身上，覺得這個沒有財產只剩下工作又患有失眠症的人預言了我將來的人生，這個預言終有一天會實現。

後來，我有機會與勞工團體的朋友對談這篇作品，他提出完全相反的見解，認為年輕服務生其實是維護自己的勞動權利，希望可以早一點下班多點時間陪陪家人。他甚至不解，明明已經沒有客人，還都過了營業時間，為何只要有客人還在店裡，店員就得留下來，服務到底。

聽到他的說法，我嚇壞了。這本書出版以來的十幾年間，我從來沒有想過有這種詮釋角度。我一味認定年輕的店員沒有同理心，少了些許滄桑磨練過後的悲憫，殊不知我的解讀才是把某種情緒價值強加在他人身上的勒索。

至此，我才終於讀懂年長店員下班後那著名的 nada 意識流獨白（把主禱文裡頭所有美麗字眼，例如神，全部替換為 nada，也就是西班牙文的 nothing，空）背後的原因，以及他為什麼會嫌棄酒吧不夠乾淨，還有收尾的那一經典名句：「畢竟失眠，現在很多人都有這毛病。」

因為他失去了界線。人我、物我、神我，全部混為一談了。當然，這也是某種創傷後壓力症候群，經歷人類文明史上第一次最大規模的殺戮戰爭，眼見歐陸文明成為一片荒原，成天在報紙上、廣播上讀到各式傷亡數字，可能還閃過一個念頭：真的有那麼多人可以死嗎？

身處其中，誰不會想問：「神啊，如果祢存在，為什麼不阻止他們呢？」

年長的服務生可能身心都有傷，跟他在《太陽依舊升起》（The Sun Also Rises）的同類一樣，於是不上教會了，改去咖啡店，去酒館，去旅行，去任何可以忘記創傷的地方找尋快樂。或是說，沉浸在被人群簇擁而幻想出的短暫秩序感，然後在沒有續攤派對可以參加的時候，暗自吞下那空虛。反覆幻滅後，曾經的青年終於懂得嚮往一個乾淨明亮的地方，甚至，想要將之打造成庇護所，讓人走進來。

年長的服務生努力維持著咖啡店的秩序和植栽，但聖徒似的付出，還是讓他過於投入，甚至走向自我剝削的道路：關心客人，為了讓他們得以享受這空間，而展開了無止盡的加班，把這份工作視作分靈體，用以證明自身價值。也難怪年輕服務生不解，我有的你都有啊，但為什麼這位前輩總是貶低他自己。

空虛的中年人多半喜愛吹噓成就，寧願固守自己的城堡，也不想要拜訪別人的地盤。年長服務生也是一樣。無奈深夜下班之後無處可去，只能走進通宵營業的酒吧，卻不忘挑剔別人家不夠乾淨，不是一個乾淨明亮的地方。最後，當他揭露了自己罹患失眠症，非但沒有積極思考如何解決，反而消極面對，最後輕描淡寫地歸納一句：很多人都有這毛病。就這樣，把自我的痕跡抹去，消失在群體之中。

被理想掏空的人，也是失去界線的人，無法真正與世界溝通。難怪當他走進酒吧，店員問他要喝什麼，他回答nada，被罵了一句，又一個瘋子。

多年前，我與戀人散步至桃園市區成功路與中正路口，在十字路口瞧見路中央站著一個指揮交通的男人，他衣服破爛，塑膠拖鞋藏不住雙足的傷痕與病徵，嘴裡叼著哨子，嗶嗶嗶亂吹一通。

「是瘋子吧？」我心想。

回過神，我一臉凝重告訴戀人，以後如果看見我在街頭指揮交通，不要指認我，就當作沒看到，逕自走過就好。

戀人一頭霧水，無奈又溫柔地說：他在街頭指揮交通也很快樂啊，你為什麼要這樣？

我沒有說出的，是我懂那種快樂。

那時的我也算是卡在十字路口，才剛經歷某些不太歡快的事件，身心還在恢復中，難得出門約會，偏偏讓我聽到可笑又該死的哨音。即使狀態不夠好，但我仍瞬間恢復理智，知道自己不能遷怒別人。路都是我自己選的，走了才發現不好走，可也不能回頭，畢竟不是被人拿刀架在脖子上逼迫而來。

那陣子，我明白我快要失控，無時無刻不在想著要隨便走進一家酒吧喝到掛，甚至想要變成在高速公路上逆向行駛的駕駛。所以，我比往常更瘋狂工作，泡在一件又一件待辦清單之中，不需要工作的時間，只想著要怎麼把自己弄壞，一直熬夜，一直吃東西，一直在 YouTube 觀賞模特兒跌倒的影片。

我明白，我完全失去了與人事物的界線感，但我真的不知道該怎麼辦，只會把事情悶在心裡，找不到人說，像是在滾燙水中拒絕張開硬殼的貝。

嗶嗶嗶，哨子哥的手勢徹底比錯，幸好用路人看到他的存在反而特別警醒，沒有造成任何傷亡。

綠燈亮了，戀人不說話，身子自顧自往前傾，邁開腳步那一刻，手背碰觸到我的手背，我們沒有牽起手，但我想到在〈一個乾淨明亮的地方〉裡意圖自殺的那個老人，最後是被他的姪女給救了下來。

「咦，《老人與海》（The Old Man and the Sea）裡頭那個被排擠、被視為污染源的孤獨老人也是被少年給救了。」我好像理解了海明威的安排：「終究要有另外一個人嗎？」

站在斑馬線上，我用搞笑的口吻再說了一次相同的話，要是看到我站在街頭指揮交通，請不要叫我名字，不要靠近我，安靜離開就好。

戀人笑著回答：煩耶，走開。
快要摔出人生軌道的時候，被拉了一把，我怎麼捨得走開？

疑似住在計程車上的人

某日，主持完直播節目，站在路邊攔下計程車要趕去參加老朋友聚會。待車子停妥，發現車況頗差。急忙在內心禱告，千萬不要有味道千萬不要太臭。但一開車門，一股撲鼻而來、夾雜著體味、食物的油臭餿味，啊，這下慘了！

硬著頭皮上車，告知路徑，我急忙按下自動窗開關，發現已經卡死。幸好副駕駛座窗戶開著，我把身子往前傾，讓臉稍微靠近前座椅背與窗戶之間的縫隙，並且張開嘴巴呼吸，同時發現副駕堆滿餐具和衣服等家當。車內兩人沉默一陣，然後，過了一個路口後，司機忍不住開口說：「我今天去買彩券的時候，又看到那群人了。他們戲弄我，但我不會屈服。」

他說，打從十年前買了這臺新車（我相信這臺車車齡至少二十年），就一直遇到那群恥笑、戲弄他的人。每每在他買完彩券準備上路載客時，就會跑出來，站在他車前用盡各種暗示，讓他知道「你不會中獎啦我們都控制好開獎數字了」。

「我知道，他們都是國安局的。他們有一次，還用遙控，害我的大燈壞掉。好險我自己會修理。」

其實，當下我已經沒辦法思考，那種悶臭味，讓人一刻都難忍受，有幾次想奪門而出，但眼角看到了一個東西，便忍著衝動——另邊自動窗玻璃軌道縫隙上，插了一根螺絲起子，把手是綠色的。

我聽著他用急切口吻訴說過往朝代都是國安系統出錯才會亡國，以及這幾年來加諸在他身上的種種監視，實在也不忍苛責。但我相信，如果他把車子整理清潔好，記得定時洗澡，至少未來他在訴說這些故事時，聽眾會更認真聆聽。

我看著綁在副駕後方的計程車駕駛執照，拿出手機，輸入了對方的名字。那是很美麗的三個字，但搜尋結果一片空白。無論是臉書、Google，完全沒有任何痕跡。而他在我玩手機的過程中，不忘回頭看我，彷彿是故意的，他想要讓我看見他的側臉。

那張臉，與駕駛執照上的大頭照不太相似，彷彿被放在冰箱裡面好幾個月忘了拿出來的蘋果，也有一點點像是放在陽臺上忘了收的衣服，僵硬、乾癟、褪色，一切都是灰撲撲的，是千百萬張臉之中，最沒有特色的。也是這一張臉，讓人不禁後退一步、保持距離，深怕染上那身灰。

他依舊講著，計程車持續在臺北街頭移動，窗外的光斑流過，那一些美麗的招牌或是繁華的景色，都與此刻的我們無關。驚悚電影中被歹徒綁架丟在後座（還沒到後車廂的地步）的那些人，當他們望向窗外正常運轉的世界，內心所感受到的，應該就是我此刻的心情吧。

此時此刻，車子裡的兩個人，都想要逃。

終於，抵達了目的地。我看了金額，不過一百二十五元，但身體感受彷彿乘車橫越了一整個臺北那麼遙遠。我掏出了一百三十元，小心翼翼遞給他，說：「不用找了。」卻又下意識地說了一聲：「請給我收據。」說完，我頭皮都要發麻了。

他的計程表沒有感熱列印收據的功能，表示他不是本地計程車。他身子往下探，在前方塞滿東西的置物凹槽翻找一番，抽出一疊厚厚收據，撕了一張給我。「自己寫吧。」他說，顯露了某種自信。

收過那張紙的當下，我看著印在上面的資訊，一陣天旋地轉，只能硬逼自己維持理性，確認窗外後方沒有機車經過，倉皇打開門，往旁邊人行道一跳，然後輕甩關門。只見黃色計程車緩緩前行，駛過和平東路與金山南路口，瞬間被其他車流吞噬，消失在夜色之中。

我望著路面交通好一陣子，回神之際，發現手裡那張收據已被我捏成紙團，怎麼可能！我張開紙團想要再次確認，只見皺摺的白紙上確實印著：免開統一發票收據。可是剛才我明明看見車門上印有車行資訊，為什麼他連一張計程車行的收據都沒有？我想起他故意讓我看見他的臉，執照上的大頭照與美麗的名字，還有那一把倒插的螺絲起子……

我清楚當下的身心狀況沒辦法直接前往聚會，於是走進便利商店，在店裡繞了一圈找尋垃圾桶，把那張收據揉成一團丟了進去。深呼吸之後，開始挑選東西想買，但沒有興致，反而像是離開喪禮後，亟欲碰觸榕樹葉片的那種感受。不久，我聽見外頭有一陣女性嘶吼，激烈的憤怒隱藏著卑微的哭腔，一聽就是有事的那種。原來是自動門外，有一老婦抓著公共電話話筒大吼。

兩個店員相視一笑，說道又來了。

很難形容那種感受，但在當下，我內心僅有的同情被清空了，原有的空隙被憤怒、噁心與各種冒犯填滿（應該說，是那種內心深處清楚眼前有人張開了一股強烈的、會把你抓走的磁場，所以下意識想逃的心情）。我一陣想吐，急忙放下手中商品，匆匆逃離現場。

那個司機、那個女人，其實都試圖活在這個社會有光的角落，以最低標配的理智，維持在那條線內，不想徹底被甩出去。雖然偶爾越線，但他們很努力了，不是嗎？對，對，對，這些我都懂，但當下的我真的沒辦法思考了，快送我去香香的地方，快，快！

日記一

2018 年 2 月 27 日
忽然想到，外公煮過一次宵夜給我吃，
那也是最後一次了。

2019 年 3 月 16 日
偶爾也有自慚形穢的時候。不過，我也不是沒有優勢，只是費工夫盤點自身優點來一場戰力比拚，並不會讓我覺得更舒坦。反正人生還很長，就慢慢前進吧。

2019 年 5 月 9 日

年輕的時候，會花很多時間去哀悼某一種失去：愛情、友情、失敗，或任何一種微弱的衰敗之感。但長大了之後，連想哭都變得被動了。想要好好坐下來哭，找不到好的時間點；真可以坐下來了，卻又發現自己早已忘了怎麼哭、又該對誰哭。只能在燈光昏暗的電影院，對著某個似曾相識的場景，安靜且節制地流淚。

對，成年後的流淚關鍵是，黑暗，安靜，低調。此時，我人在 The Wall Live House 聽演唱會，刻意站在最後一排暗角的我，在拍謝少年的音樂裡一邊跟著節奏搖擺，一邊流淚大聲唱和（不覺得〈暗流〉裡面的吶喊「是歌」聽起來就像是「是我」嗎？），好像是以前在紐約街頭看見的，失意潦倒的中年人。等等，我真的就是一個失意的中年人啊啊啊啊啊。幹，去死吧。

可是，哭過之後，好像又有了一點點力氣……

（迷信的無神論者 otro loco mas）

(080)

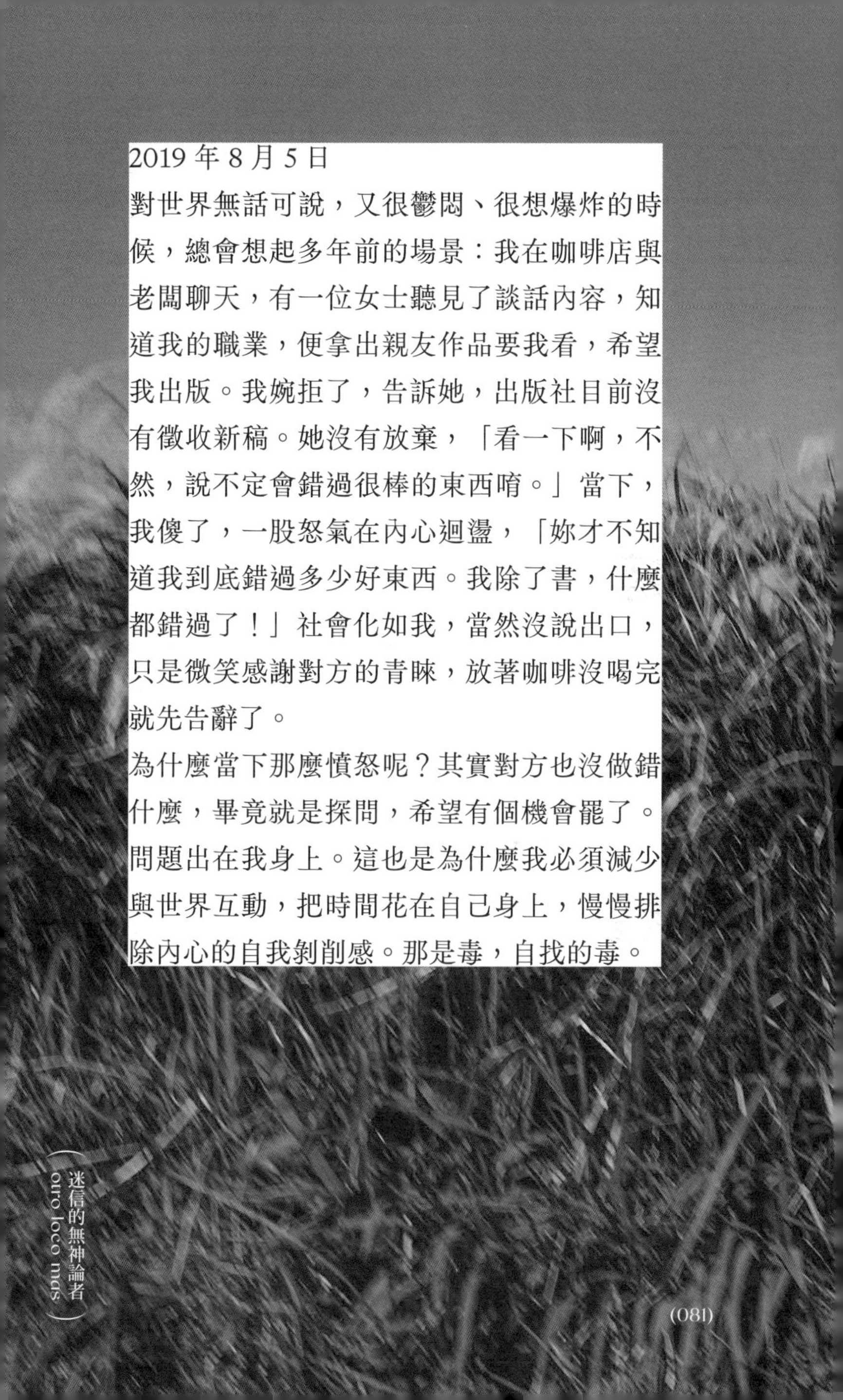

2019 年 8 月 5 日

對世界無話可說，又很鬱悶、很想爆炸的時候，總會想起多年前的場景：我在咖啡店與老闆聊天，有一位女士聽見了談話內容，知道我的職業，便拿出親友作品要我看，希望我出版。我婉拒了，告訴她，出版社目前沒有徵收新稿。她沒有放棄，「看一下啊，不然，說不定會錯過很棒的東西唷。」當下，我傻了，一股怒氣在內心迴盪，「妳才不知道我到底錯過多少好東西。我除了書，什麼都錯過了！」社會化如我，當然沒說出口，只是微笑感謝對方的青睞，放著咖啡沒喝完就先告辭了。

為什麼當下那麼憤怒呢？其實對方也沒做錯什麼，畢竟就是探問，希望有個機會罷了。問題出在我身上。這也是為什麼我必須減少與世界互動，把時間花在自己身上，慢慢排除內心的自我剝削感。那是毒，自找的毒。

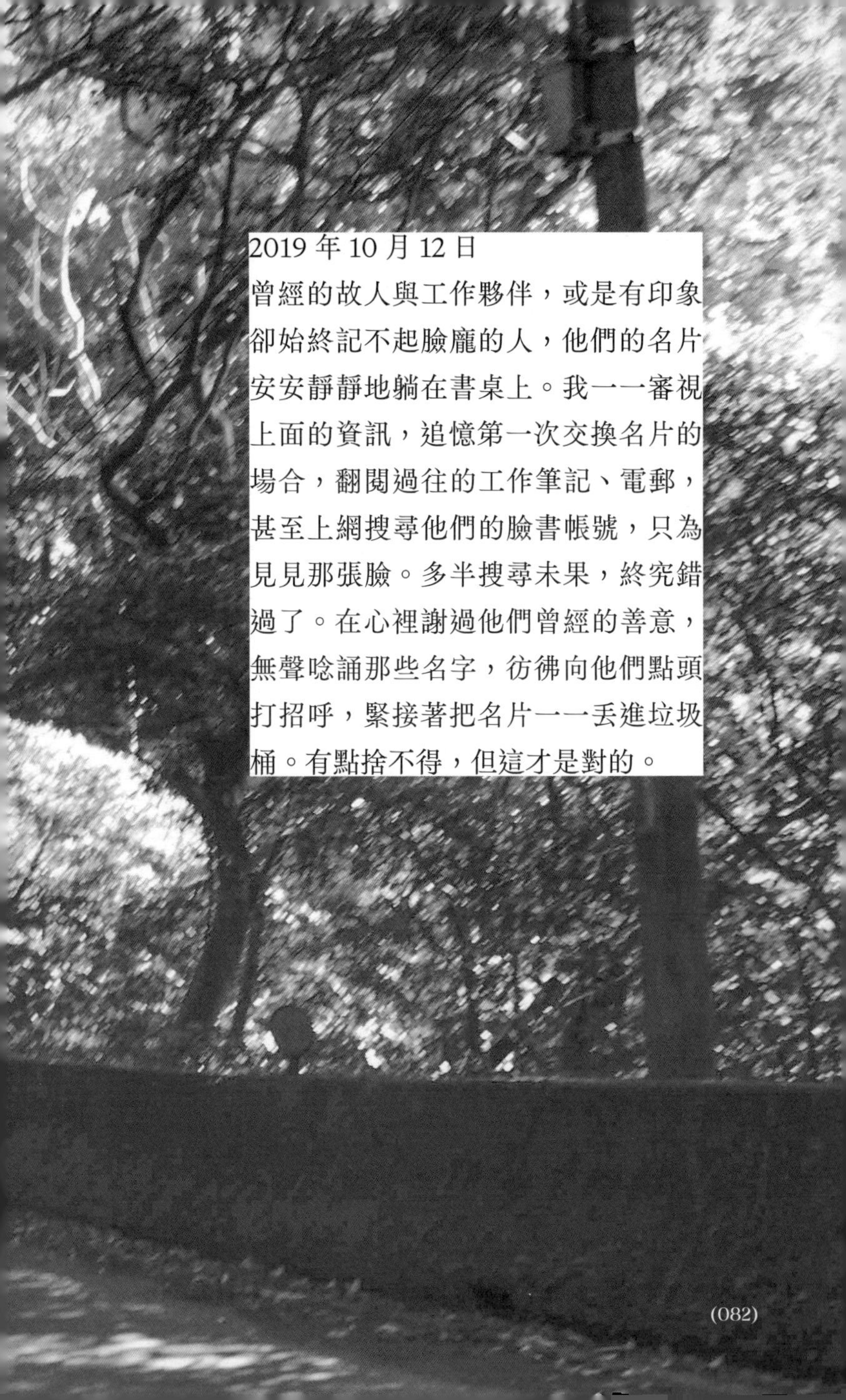

2019 年 10 月 12 日

曾經的故人與工作夥伴，或是有印象卻始終記不起臉龐的人，他們的名片安安靜靜地躺在書桌上。我一一審視上面的資訊，追憶第一次交換名片的場合，翻閱過往的工作筆記、電郵，甚至上網搜尋他們的臉書帳號，只為見見那張臉。多半搜尋未果，終究錯過了。在心裡謝過他們曾經的善意，無聲唸誦那些名字，彷彿向他們點頭打招呼，緊接著把名片一一丟進垃圾桶。有點捨不得，但這才是對的。

迷信的無神論者
otro loco mas

2020 年 9 月 22 日

差點死在臺北車站的電扶梯上。

和作者約在臺北車站開新書會議，下車後，從月臺搭向上的電扶梯。我眼睛仍埋在手機上的書稿，正思考著，突然聽到前方有人尖叫，也聽見重物滾落的聲音。抬頭一看，有個女生踩空從我面前不遠處摔下來。幾秒鐘時間，眼前世界彷彿暫停。眾人陷入慌亂，她一路朝下滾，擋也擋不住，有人大喊快按停止按鈕，然後，女孩自我身邊滾落，速度太快我根本來不及抓住她。她的腿踢到我的頭。

電扶梯停下，每一個人都嚇壞了，我覺得頭有一點暈。那位小姐摔落在我後方，動也不動，傻了半晌才回過神來。有個女生幫她撿起掉落的眼鏡和手機。轉身又撿起另一副眼鏡，問了半天不知道是誰的。此時我頭很痛，一邊壓著頭按摩，一邊盯著那副眼鏡瞧了好幾回，才赫然發現是我的。原來，女生滾落電扶梯、踢到我頭的瞬間，也踢落了眼鏡。站務人員前來關切，滾落的女孩說沒事，在他攙扶下離開了。我也動身離開，但踩在靜止的電扶梯上，雙腳還是有一點抖，好像踩在雲上面。活著真好。

練習不傳遞惡意

事情出錯的時候，我不相信是水逆找碴，而是不能控制的惡意在橫行。

二零一八年左右，我幾乎暫緩專欄寫作，同時也決定減少使用社群媒體，多半只在上頭瀏覽，頂多與朋友留言互動，鮮少發文分享心境。其中一個原因，是我發現大腦無法承受太多他者的意念，無論是良善或是純粹邪惡。

從小，我對他人的感受便太敏感，不敢說是一流的觀察家，但很常看出有些人亟欲隱藏、不太對勁的小地方。若遭遇這般場景，回到家之後，不，往往離開當時的空間，跨過某一扇門或某一街角，就會感覺到自己沾染了他人散布出來的負面情緒。很難描述那種不潔感，與神鬼無關，但就是覺得哪裡不對勁。

後來，我養成一個習慣，只要參加了太多人的聚會，或真的遭逢某些怪怪的事情，我一定要在回家之前，觸碰公園植栽或行道樹的枝葉，讓輕巧的摩擦力剪去我情緒的毛邊。如果找不到植物，我就走進乾淨明亮的便利商店，在裡頭慢慢挑選一些小東西，像是口香糖、巧克力，然後買一瓶牛奶，請店員協助加熱，當場喝完，感受到某種熱能在我身上流動，才做好回家的心理準備。

在我求學階段，其實一切都挺順利的，一方面是我搞懂了只要身心狀態夠好，就不需要害怕突發狀況。就算發生了壞事，只要還在能夠掌控的範圍，都是小事。但在創業之後，尤其是從事必須透過社群媒體與演講大量與群眾溝通的工作，我才發現這一切有些失控。我先是遭遇嚴重職災，看到書本簡直像是目睹活體解剖，根本沒有辦法與文字相處。在網路或是公共場合，又經常遇到很多奇怪的人，無論是信箱裡收到的奇怪手寫信，忽然打來辦公室責罵我為什麼替某些人出書，甚至是，直接在我演講後擋在我面前，用茫然眼神要求我為他出書……

我還記得在辦公室接到那通電話，雖然溝通當下我努力召喚正面情緒，但在掛上電話那一刻，我下意識只覺得，糟了，我得去大廟拜拜，清理一下心情。誰知道，還沒去成，我便閃到腰，之後復健了整整兩個禮拜。更不用提，因為社群媒體發生了某些風波，無論是有關我自己或純粹為他人操心，我便好幾次心神不寧，以致在浴室摔倒——在那之後，一旦有任何疑似遭家暴的明星聲稱自己在廁所洗澡時滑倒，我都會相信了。

好幾次，我因為上述的奇怪事件，或是隱忍著在工作場合被欺負卻無法明說的委屈，內心填滿暴怒，除了咬牙切齒握緊拳頭，走路的步伐也會與以往不同，帶點暴衝，更不用提眼神隨之變得很可怕。有時候，氣場太強烈了，我甚至會感受到自己跟著發散出不太乾淨的能量。我還記得，至少有兩三次，有民眾騎著共享腳踏車從我身邊經過（我與他們都保持一段距離），就在我專注於憤怒之中幾乎無法感受四周狀況時，他們連人帶車摔倒的尖叫聲響把我拉回現實——我也真想抹去記憶中某些人在我眼前摔落樓梯或是電扶梯的場景。

「原來，我也會變成污染源。」興起這領悟的當下，我覺得自己就是《老人與海》中，被視為會帶衰他人、害大家捕不到魚的老漁夫聖地牙哥（Santiago）。是很無辜沒錯，但我得做些什麼。

我開始練習不要急著回應這個世界，不希望因為急著下判斷而被有心人影響、帶風向，同時也想避免自己變成負面情緒的橋樑，導致更多人被污染。同時，我發現我的社群發文偶爾有一點負面，雖然只是抒發情緒，但或多或少會影響到其他人。於是，我練習安靜，除非必要，絕對不在社群媒體上書寫私人感受，盡可能不參與某些激烈的公眾議題甚至筆戰，把所有的能量留在自己身邊，去照顧身邊的夥伴，或是持續散發好的氣場給親友以及支持我的出版社的陌生讀者。如果遇到喜歡的資訊（如 K-pop 新聞）或是有必要傳遞的新聞等，則是好好分享。當然，我更傾向花錢支持那些喜愛的事物，希望能夠為形塑自身喜愛的世界盡一分心力。

練習安靜沒有想像中簡單，反而是最違反慣習的挑戰，難到爆炸。畢竟多年來，我已經習慣了透過鍵盤打字，只要無聊想要找人聊天，咻咻咻地完成一則貼文，透過社群媒體發布，人就來了。就算是稍微emo，想要討拍，也只要用同樣方式就能達成。毋庸置疑，社群媒體貼文是抒發情緒最有效率的方式。

但這幾年，我經常在貼文框內打上幾句話或是幾百字的文章後，就全數刪除。反正這些想法曾經離開我的大腦，以文字形式出現在這個世界，就算只有我讀到，也就足夠了。遇到真的無法排解的狀況，就去找真人解決。想想，真的感謝那些願意聽我說話的朋友。

或許是安靜了好幾年，與社群媒體保持一定距離之後，我才領悟社群媒體給使用者造成某種錯覺：彷彿每個人都必須討論、言說，而且必須有情緒，才算是真正協助某些議題的推廣、提升了弱勢者的處境。但實際上，每個人都發表意見之後，除非有相關單位決定受理，否則這些熱度爆表的言論只是把原本拳頭大的路面小洞炸成天坑，將相關的人事物全都埋進去之後，大家拍拍屁股就走人，然後開始尋找下一個可以參與的戰場——我甚至遇過讀者私訊質問：「你不是很關心〇〇議題？為什麼你不針對這件事公開說些什麼？」想當然耳，我必定已讀不回，然後找時間到大廟拜拜。

最近，我甚至發現，有時候太多善意、太多溫柔、太多溫度也會讓我難以負荷。例如寄送公關書的時候，很多人都會手寫隨書附卡，向收件者打招呼，但我盡可能使用已印有文案的卡片，頂多署名或是留下一兩句話，希望平淡一點，不要過於積極，以免對方收到時感到任何壓力。慢慢地，我和朋友之間的文字來往頻率也降低了（但轉成另外一種形式：互相分享網路廢片，不要求對方回應）。

這樣的練習，從減少傳遞惡意，再到減少傳遞情緒，一開始目的性很高，但後來深深影響了我，為我帶來正向的啟發：適度保持距離不會打壞交情，反而會讓彼此見面時有更好的互動。我把減少溝通而多出來的時間，花在解決很深很難的人生課題上，希望能成為性情更穩定的人；我也反覆思索如何提升專業能力，希望公領域上不會拖累別人，能與夥伴們一起進步，有更好的表現。

我們終究還是處在充滿濃稠惡意與高漲情緒的時代，隨便打開網頁就會被流彈擊中。這就是為什麼我會在陽臺上種滿植物，讓眼睛隨時可見一片綠色。一旦在工作中或是網路上遭逢惡意，我就立刻打開落地門，深深深呼吸，好好摸摸植物的葉片，請它們吸收我身上所有負面的能量，讓我可以繼續走下去。

但這樣是否對植物太殘酷了？算了，我不要想。

屈辱，讓我領悟孤獨的真義

委屈是什麼？對我而言，是在遭逢傷害之後，沒有得到像樣的交待，忿忿不平卻又無計可施，只好把刀刃指向自己，產生一連串不滿與憤怒。每一個在社會走跳、活生生的人，都有機會陷入這種困境，然而此題無解，或許只能交給時間。

當你選擇沉默，選擇讓時間去說，但內心的委屈卻長了一千張嘴。想說，好想說。更不用提，每日每夜，光是反芻當時的痛苦，也是龐大的心理勞動。你甚至能夠意識到，那快要按捺不住、想對世界大吼「你難道不知道我很痛苦嗎」的衝動。

不過，把委屈說出來，會比較好過嗎？

得不到回應的委屈，就算訴說了，是否能夠撫平內心的冤屈感？得到對方的回應，是否能保證內心痛苦得以平復？會不會反而陷入更深刻複雜的不滿足（「他不是道歉了？為什麼我還是那麼痛苦？」），迷失在深不見底的黑暗之中？

電影或電視劇裡，聽到對方一句道歉立刻放下仇恨的情節，我相信鮮少在真實世界發生，因為受委屈的人往往在得到誠懇道歉前，就已經被憤怒與自我質疑的負面情緒給燃燒殆盡了；若對方雲淡風輕，則顯得自己不堪；若表面說得一派輕鬆，內心的坎卻偏偏過不去，也會生出徒然的恨。

委屈，在夾雜了對自己的怨懟與無力感之後，往往變成了屈辱。

有陣子，我勤奮工作、認真生活，然後，在隻身一人的時刻，召喚各式委屈場景，從年少到近期的，從已經放下的到仍然讓我痛苦不堪的，與其共處。讓我驚訝的是，有些陳年舊事，如今想來內心依舊不平，而那些真的放下了的，則是感到無比陌生，與當初我所對他人描述、或是經由他人開導而當下覺得豁然開朗的感受，截然不同。

屈辱是如此屬己、獨特，或許，就算是一同遭逢委屈或是對抗這個世界的夥伴們，在品嚐自身屈辱這一件事情上，終究是無法達到共識的：屈辱是天色瞬間轉黑、下起磅　大雨之際，你隻身在外找不到遮蔽處，只能閉嘴，咬牙，狼狽地讓雨打在身上。

經過了一連串安撫負面情緒的練習，雖然偶爾還是想要放聲大叫，但在壓抑憤怒之餘，內心卻生出了另一種截然不同的情緒——可以立刻轉身就走的坦然。

那不是自毀的意圖，而是只能自己體會的、極其冷靜的孤獨。是啊，對某些事，我其實還有情緒，不至於忿忿不平，卻仍有類似發現才穿一兩次的新衣竟爬滿毛球的不適；但另一方面，我隱約明白，除了我以外的一切物事人情，無論是深愛的痛愛的或是厭惡的，如果有一天真的無法承受了，都可以全部掃開。

屈辱，讓我領悟孤獨的真義。

那是不需要因為被人誤解而內傷，或是朋友沒有為我說話而計較人情債的自在。那些深怕不被理解、擔憂被人誤解而產生的內心糾結，對我而言已經無所謂了。如果我能接受身邊真正擁有的支持，而不再強求得到所有人的肯定，那這種患得患失的卑微渴求，就再也影響不了我了。

誰不希望被全世界的人所理解和接納？但若連我都搞不懂我自己，誰能百分之百理解我？如果能夠被徹底了解，會不會反而因為被看穿了，產生更多麻煩？人終究是需要陰影遮蔽的，那些可以在社群媒體或是創作中無限揭露自己的人，是不是精心打造出的人設？我們讀了之後，真能認識作者本人嗎？永遠政治正確，難道就是正義的人嗎？被這樣的人贊同或攻訐，我們就成為他們口中的樣子了嗎？

一切，都可以捨棄。這是面臨上述質問時，孤獨教會我的事。

只有自己，才是最珍貴的。也因為真心理解自己的價值，才能不為所動，才能體會他人的尊嚴與自己的尊嚴，都有相同的重量；才能明白每一個可以坦然活著的人，都曾從地獄走出來，因而願意尊重他人的陰影，不強求他人必須透明，也不會渴望他人永遠理解而不能誤讀自己。

孤獨的冷，讓我有所醒悟，但這種成長卻還不成氣候。

若有一天，當我看見那些傷害過我的人，或是曾經落井下石的朋友，可以走上前去噓寒問暖，然後補上一句：「我還記得你當時是怎麼傷害我的喔，我不會忘記，所以我要提醒你，千萬不可以忘記……」

那時我才能夠卸下被迫安裝的屈辱，獲得真正的自由。

我為什麼變成難搞的人

二零二零年，對我來說，是斷捨離的一年。

那時我每天都在想，人活在世界上真的需要那麼多朋友嗎？朋友的定義又是什麼？而人情之間的層層羈絆，是不是也成為痛苦的根源？

我不擅長的事情很多，其中一個是我總是拿捏不好適度的感情與友誼，不管對方是不是需要那麼多，我就是卯起來給。後來我才明白，過於主動的給與，其實會造成他人的困擾。所以我學著節制，別太快付出真心，在公事公辦的基礎上，大家合作愉快滿意就好，其他的，都收起來。

雖然真心收放可以練習，不過，如果朋友見我受苦難，卻連一分關心也吝於給與，以前的我還會乖乖隱忍，想著或許對方有苦衷，我也不希望對方為了我而得罪人；但現在的我已然知曉，怕得罪人其實已經得罪人，為了「保持中立」不選邊站其實就是把我劃為「比較可以得罪」的那一方。

明明覺得被得罪了，如果還出於（害怕被討厭的）體貼，與他人維持表面微笑，骨子裡卻清楚根本不是對等的關係，那些情緒勞動最後只會質變，釀成針對自己的恨意。

有陣子，我曾掉進恨透自己的地獄。姑且不談那黑暗有多黑（大概比八八八特黑油墨還要黑），反正重獲新生之後，所想的不會是維持和諧。畢竟我那時已明白，自己的命才是最重要的。

不想隱忍，那就斷開，或是說，狠狠爆發一輪之後，再斷開。

所以我寫了非常不客氣的信件，去表達自己的情緒，斷開一些不對等的關係。戀人勸我當面去說，但我認為不需要。真心把別人視作夥伴，但當我陷入人生最慘的時刻，他卻連私下慰問也沒有，我為什麼還要把熱臉貼上去，試著解釋為什麼會難過，或是假裝什麼事情都沒有！

我為什麼要害怕別人討厭我？

我為什麼沒有歇斯底里的權利？

我開始表達對某些人的不滿。

如果有人提出的合作對象人品有問題，以前的我可能會稍微暗示卻不會把話挑明，委婉地希望對方三思。但如今，我已經可以坦然告訴對方我的顧慮，並且把我所知道的一切都說出來。不為什麼，將心比心。更重要的是，話是我說的，我負責。

不希望對方也受害，所以我選擇誠實以對。將心比心，變成我如今最重要的處事準則。

我也更加聆聽自己的心聲，並聽從直覺。如今的我，已經可以輕鬆自若地拒絕一切。例如我不想與某人同臺，我便會直接告知邀約單位，我不希望與對方處在同一空間；甚至就連出版社邀約推薦，我都會先問對方還打算找誰，以免踩雷與討厭的人並列。

當然，我會再補上一句：「請你們依據專業考量，結果如何我都尊重，請不要有心理壓力。」

寫到這裡，真覺得自己越來越「難搞」了。但情緒化又難搞、設下諸多界線與規矩的人，或許當初也是一路踩著玻璃碎片走來，才變得如此不近人情。不過，那些玻璃碎片不是白踩的，正因為曾經品嚐真正的痛苦，才學會珍惜一直陪在身邊的人，並且理解獨立的真義：你必須堂堂正正地站好，你必須更強大，風吹草動也嚇不倒，才可以在夥伴墜落深淵的時候，把他們好好接住。

成為難搞的人，其實也等於和那些閃閃發亮的物事拉開了距離，的確有所損失。但若這樣的轉變，能夠換來更多時間投注自身專業，並且贏得同甘共苦、樸實無華的夥伴，何嘗不是生命的饋贈？

難搞，挺好的。

不是每個人都需要你的禮物

我曾經開過兩家書店，都叫作讀字書店，現在沒有了。

桃園的那一間讀字開在桃二街，原本以為可以一輩子開下去，或至少變成桃園在地的創作基地，但顯然我是高估了自己。開幕時有多風光，結束營業時就有多黯然。逗點工作室與桃二街只隔了一排房子，如今我每次從春日路經過那座藍色天橋，轉頭看看讀字書店曾在的巷子，內心偶爾還是會升起難以言說的情感，不敢說是受傷或是失落，那太年輕了，不是現在的我說得清楚的。

但遇見舊情人的尷尬感，我不能否認沒有。

好幾次，我繞進久違的桃二街，偷偷觀察當初書店的位址如今的樣子。鐵門上原本噴漆標示的營業時間早已經在歸還房子時擦乾淨，與書店有關的一切彷彿不曾發生過。

我是念舊的人，奇怪的是，我很少主動回望那段經歷，儘管有時候還是會想起當初每天吃完晚飯就繞過去書店看看當天業績或是恰巧碰到朋友的過往。那些在書店的相逢，愉快或是不愉快的，雖不敢說全部記得，但記得的可都是歷歷在目。

如今心情早已不受影響，畢竟是那麼久以前的事情了，但我還是想知道當初失敗的原因。我想知道，我是否盡全力了呢？我是不是拖著好朋友下水受苦呢？想了又想，答案往往回到原點，要面對的還是自己的執念。是啊，我們都清楚，自以為是的付出，無法變成他人真正需要的禮物。

那次失敗摔得很重，也讓我想清楚，當初「我要把手上的資源拿回故鄉」的開店理由，其實是一種驕傲，而這種驕傲，蒙蔽了我的雙眼，讓我無法搞懂商業運作的基礎在於提供消費者所需，而不是硬塞。我也在這樣的經歷理解了禮物哲學：送給他人他不需要的東西，就是硬塞垃圾。

桃園讀字書店拉下鐵門的那一天（我依稀記得那時候路燈灑下來的光照在柏油路上的畫面），那時好安靜，天空是晴朗的，看得到星星。我凝視著關閉的鐵門暗自發誓，以後只會更努力做事，腳踏實地打好事業基礎，把手弄髒乖乖幹活，養活在意的人。其他太美麗的東西或是道理，就留給其他人去說。

以前，那種「不被世界需要」的痛苦，讓我一度憤世嫉俗，每天像是刺蝟，很容易被外界激怒。但後來，我比較可以理解，覺得不被需要是一種執念。我自己（或是我的品牌）能夠做的其實很多，但若要減少「非我不可」的執念，就必須走上更為孤獨的路：每天問自己，為什麼要選擇現在的工作？

那陣子，每天騎車上下班，穿越桃園前站後站的時候，我都質問自己這個問題。雖然不算拷問靈魂，但也透過一次次的提醒，找到了答案。

幾年後，讀字書店搬到臺北師大附近的巷弄，在記取過往教訓之後，書店的業績越來越好。不料，疫情來了。在無色無形的恐懼籠罩之中，客人越來越少，有好一陣子每日業績都讓人看了想哭。我們是那麼努力，不是嗎？一家小小的書店終究敵不過能夠讓整個世界停擺的病毒。不，可能可以，因為有很多書店都熬了過去，但那時候的我們已經累了。於是股東們與店長好好吃了一頓飯，平靜討論一番，決定結束營業。雖然很可惜，但我們幾個人都接受這個決定，沒有後悔。

我很幸運，從讀字書店在桃園關門，再到臺北重開而又必須結束的這段旅程，理解了必須放下執念與驕傲，釋懷不少，對於過往的失敗也不再怨懟，懂得感謝願意支持的人，可以把目光放在將來了。

書店關門之後，我更能理解獲利有多重要，自然清楚讀者願意把錢花在我們身上，哪怕只有一塊錢，也是值得感謝的事。面對有形無形的各種支持，如今的我很開心，卻不會貪求。未來，如果有一天，沒有人願意再支持我或是我的品牌，那我也可以平靜離開，毫無怨恨。

正如同讀字書店的股東小子說的：「謝謝這段時間光顧的所有朋友，你們每個故事都是讀字的鼓勵。然而這個世界，任何一間店的存在從來不是必須，消失也不代表文明進退，頂多在你起心動念想起某家店的瞬間，我們進入了更迭的輪迴。」

消失了，終究有更棒的事情會發生。我是這樣相信的。

P.S. 謝謝讀字書店的股東王志元、小子、W，以及店長郭正偉與所有小幫手。

不要讓它斷掉

所有我在公共領域上分享的工作成果或感性回饋，不應該算是熱血的結晶，有一大部分是工作所需，是出於對合作夥伴們的責任。我先前曾經誤認這種感受，偶爾會為此生出一種自我犧牲感。

但問題是，我又是為了什麼犧牲呢？

其實，對於工作也好，對於愛情也好，所有的付出都不是盲目的。盲目的付出是不願意看清楚自己有所欲求，最終這一把危險的刀刃將指向自身。也因此，如果看不清對他者或是對工作的付出，其實源自心靈深處的複雜欲求，就必須欺騙自我，必須讓掏出的心血有一處安置之所，不致浪費，所以會無意識地渴望有人注目自己的一舉一動，期待他們為我們鼓掌。

但那樣的欲求就算得到回應，也只是一道照進永夜的微弱燭光，無法照遍漆黑的大地——期待他人的回望，往往只會把欲望掏得更深。

我們是否也曾對他者灌注相同的熱情與關注呢？如果我們沒有花時間觀看這個世界，只是一直在內心懷抱著不平，認定「我都那麼努力了，為什麼沒有人看到」，不就是持續對身邊支持者的情緒索討嗎？嘴裡說著對於某件物事的熱愛——例如書，例如出版，例如創作——投入了之後，卻又覺得全世界對自己不起，覺得遭受了委屈，這不是很奇怪嗎？

過往，曾有一段時間，我被困在了「不被世界需要」的絕境。如今，我明白那也是一種自傲的困境。是自找的。

現在，我可以坦然地說：我所做的，是因為我喜歡，所以在還喜歡的時候會願意多做一些；而不是為了爭奪他人的注目或是追求某種殉教似的優越感，而做出的扮演。如果有人因為我所出版、撰寫的作品，得到了好的能量，那也不是作者或是出版社的功勞，而是他因為充分觀看了這個世界並投入其中，而在自我探索過程中挖掘到的禮物。

我，或任何寫書、做書、賣書的人，只是中介。

作為中介，天職就是傳達，不要讓什麼東西斷掉。我喜歡透過出版，左手拉著作者，右手拉著讀者，讓更多人可以互動、聯繫，如果有機會強化他人的社會支持系統，成為某一種實質上的依靠，那就是我所能夠找到的，最好的自我滿足。

以後如果不喜歡了，少做一點就好，甚至也可以不用做。畢竟這世界有才華的人那麼多，真的不差我一個。趁著自己還喜歡，我會多努力一些，也因為這麼努力了，所以可以稍微放鬆，期待明天以後所有即將發生的好事。

越是低潮，越是要好好吃飯

忙到快原地飛起來，身體出現輕微不適，每天都有即將感冒的預感。而越是勞累困頓的時刻，我越是在意吃飯。

所以我去工作室附近的拉麵店吃大蒜拉麵，不忘加點一份青蔥和洋蔥，吞嚥當下的刺激感受已經不是美味，但還是乖乖吞下去，超嗆但每一口都超營養。和朋友聚會吃飯，也不管等等就要開會，把菜裡的大蒜一顆一顆全部吃下去，超臭但我知道超營養。去相熟的火雞肉飯餐館吃飯，甚至點了少喝的蚵仔燉雞湯，蚵仔口感超軟超可怕可是超營養。

我不會說什麼身心靈的學說，我只知道這些營養不會嫌棄我、拒絕我，它們讓我吃下肚，在身體裡照顧我，修復我。

多年來，不管遇到多少煩心的事，只要可以讓我一個人好好坐著吃飯，我就能夠慰藉自己，重新站起。雖然心裡的傷沒辦法徹底根治，但我感謝這些餐館不嫌棄我只有一個人，還是提供了一個小時的避風港，讓我可以在營養食物包圍之下，獲得一點力量。

懷抱敬意吃下所有的食物，在被世界拒絕的時候，實現對自己最基本的款待。吃完了，那種滿足，是他人永遠無法奪走的，微小的尊嚴。

不想一個人吃飯

我想變成那種大人。

這幾年，我更社會化一點，大概知道什麼是「大人」該有的樣子。那就是有來，有往。對我而言，請客吃飯最能看出其中的奧妙。

先不談請客要花多少錢或是要不要走ＡＡ制，我們就講心意。一個人吃飯輕鬆自在，為什麼要找人一起吃？更何況邀請了客人，還得找到真正好吃的餐廳，以免對方吃了不滿意。簡單的邀約，得花上不少心靈勞動的時間。

那麼麻煩，為什麼還要安排餐會呢？

不就是因為想要看著你的眼睛，好好肩並肩或面對面聊聊嘛。

所以，這幾年，當遇到過往曾用心招待我的人，我總會回想，自己有沒有辜負了那一頓飯，未來有沒有機會回請對方吃飯？也因此，我慢慢累積了一些口袋名單，有葷的，也有素的，當然還有各式各樣的小吃與咖啡店。清單內有許多是朋友招待過我的店家，他們的情意透過這一張美食清單留在了我生命之中，變成了未來我與其他朋友們分享近況、好好聊聊的重要存在。

每次走進去，就會想起曾經的回憶，暗自謝謝，「感謝○○○，讓我知道這家很讚的餐廳，讓我今天賓主盡歡，超有面子！」

雖然我不太愛計較，平日生活多半獨來獨往，自由自在，但偶爾還是有些深埋在內心的人情傷損隱隱作痛。成因很簡單，就是有來，卻無往。

有些人，你曾經妥善對待，當作是生命當中的ＶＩＰ，但他們永遠不會主動待你，連一則慶賀過年的罐頭簡訊也不曾出現在你的 Line 或是 Messenger 裡頭。平時倒也沒啥感覺，但想到還是會刺痛一下，但也就是這樣了。畢竟不是天天相見，大家總會慢慢回到自己的軌道，各自安好。

與其懷恨計較，不如好好調整自己，讓身心健康、氣場乾淨。

以後有幸再見到面，好好打聲招呼，釋出善意。如果再沒有回應，那就彼此成全，化為彼此車窗外一閃即逝的景色，留待下一次再碰面，一樣微笑示好。

雖然有點遺憾，雙方沒有辦法更靠近了，但留點距離，也不是不好。我是這樣想的。

日記二

2021 年 1 月 23 日

母親看了電視報導，憂心忡忡地說：「有立委提議要桃園封城，要是真封了，我們該怎麼辦？」

網路上不斷有關於桃園醫院醫護的批評，或是嘲諷桃園變成破口，巴不得所有桃園人都被封在裡面不要出來污染臺灣……各式說法讓人厭煩。

臺灣那麼小，人口那麼稠密，有什麼方法能夠只徹底封住一座城市，而不會影響到其他城市的運作？而又要花多少時間才能辨識出周遭誰是桃園人，並將之列為拒絕往來戶？為什麼有些人要用言語撕裂人心團結呢？為什麼呢？

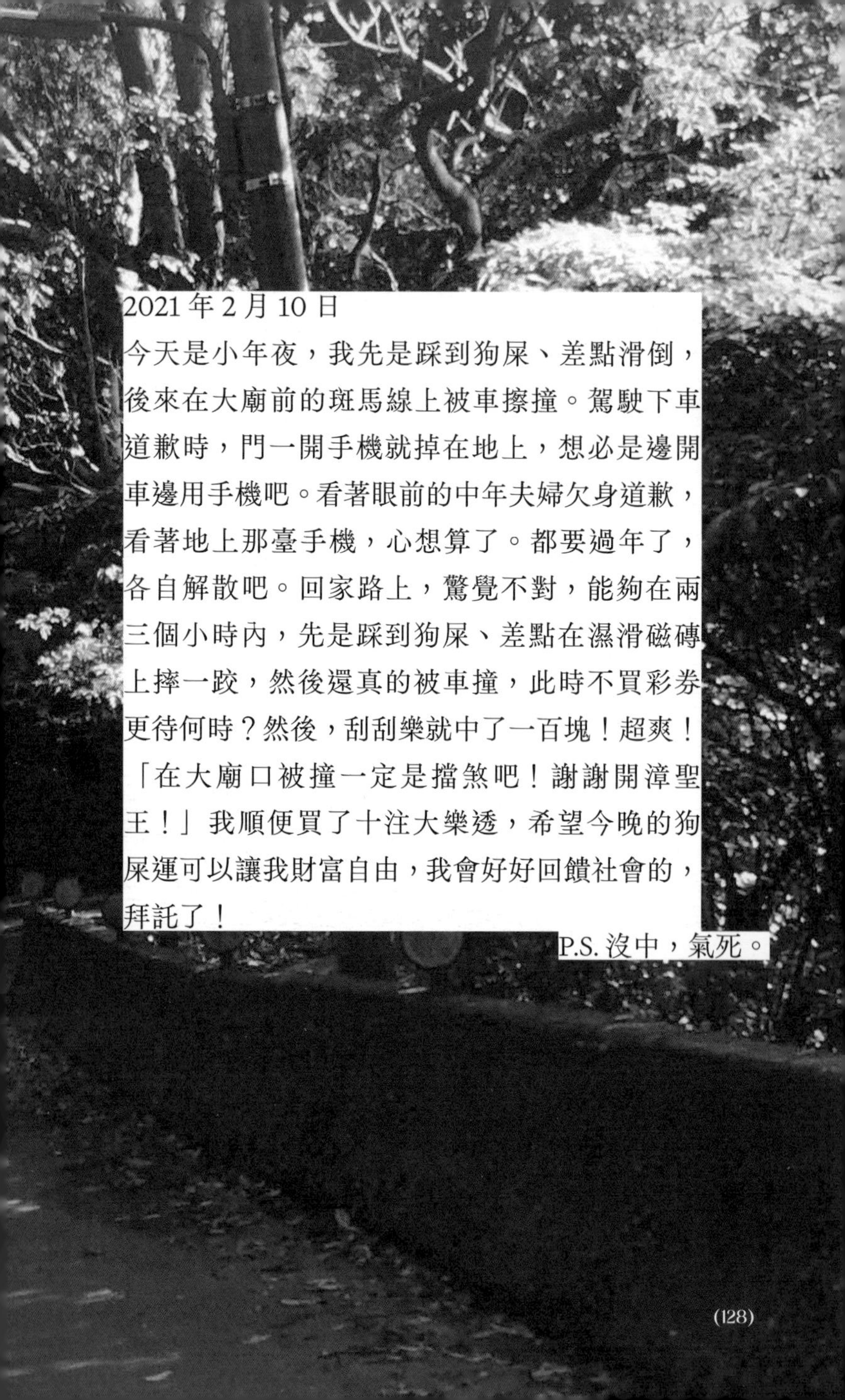

2021 年 2 月 10 日

今天是小年夜，我先是踩到狗屎、差點滑倒，後來在大廟前的斑馬線上被車擦撞。駕駛下車道歉時，門一開手機就掉在地上，想必是邊開車邊用手機吧。看著眼前的中年夫婦欠身道歉，看著地上那臺手機，心想算了。都要過年了，各自解散吧。回家路上，驚覺不對，能夠在兩三個小時內，先是踩到狗屎、差點在濕滑磁磚上摔一跤，然後還真的被車撞，此時不買彩券更待何時？然後，刮刮樂就中了一百塊！超爽！「在大廟口被撞一定是擋煞吧！謝謝開漳聖王！」我順便買了十注大樂透，希望今晚的狗屎運可以讓我財富自由，我會好好回饋社會的，拜託了！

P.S. 沒中，氣死。

（迷信的無神論者 otro loco mas）

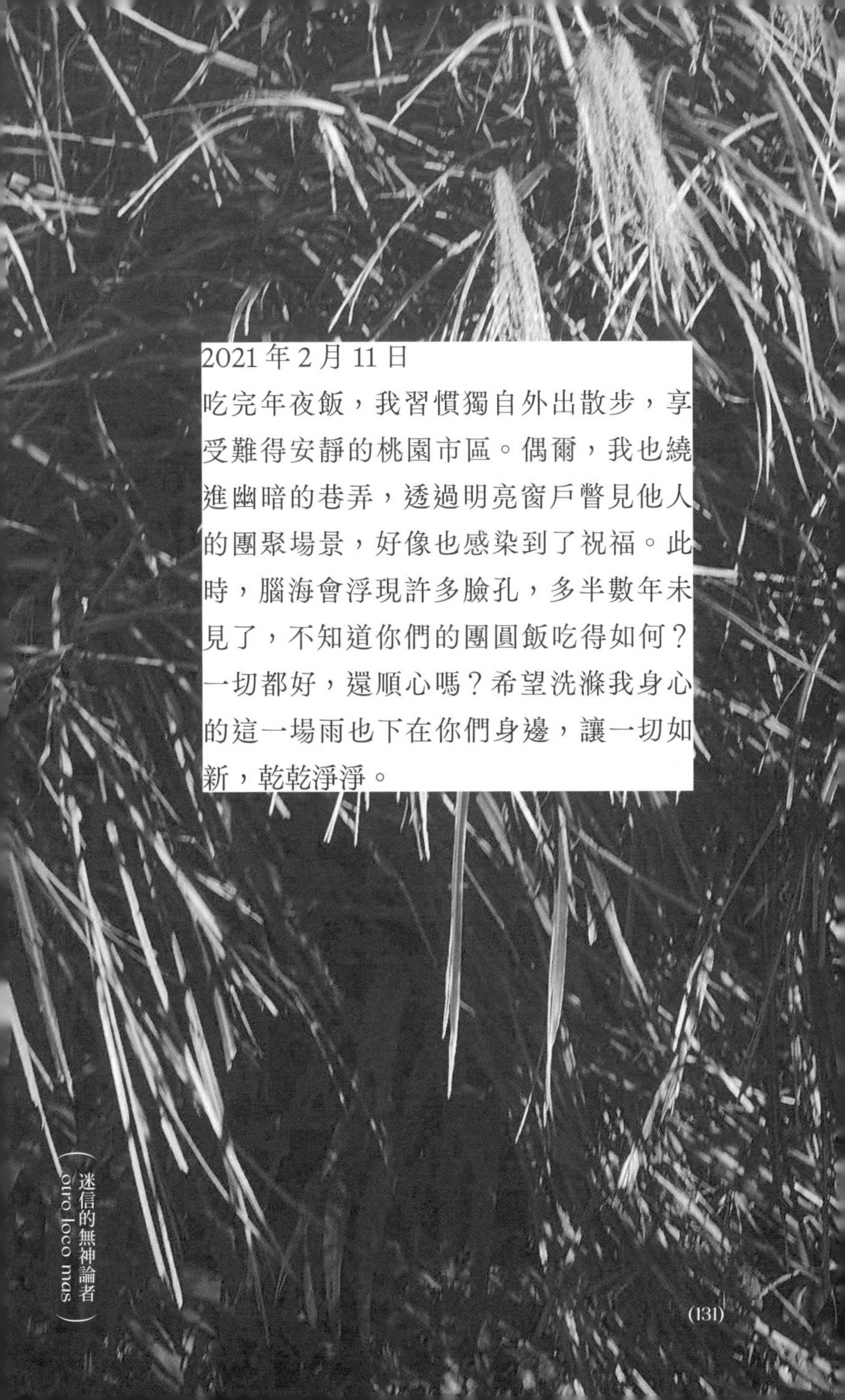

2021 年 2 月 11 日

吃完年夜飯，我習慣獨自外出散步，享受難得安靜的桃園市區。偶爾，我也繞進幽暗的巷弄，透過明亮窗戶瞥見他人的團聚場景，好像也感染到了祝福。此時，腦海會浮現許多臉孔，多半數年未見了，不知道你們的團圓飯吃得如何？一切都好，還順心嗎？希望洗滌我身心的這一場雨也下在你們身邊，讓一切如新，乾乾淨淨。

2021 年 3 月 21 日

男人，尤其是中年男人，往往忘記真正的帥氣來自沉默與行動。仗著有麥克風在手，就自顧自對世界潑灑自身善液。自以為是，也不太衛生。我要學會謙虛，學會閉嘴，三思之後才發言。不要變成那種男人。

（迷信的無神論者 ouro loco mas）

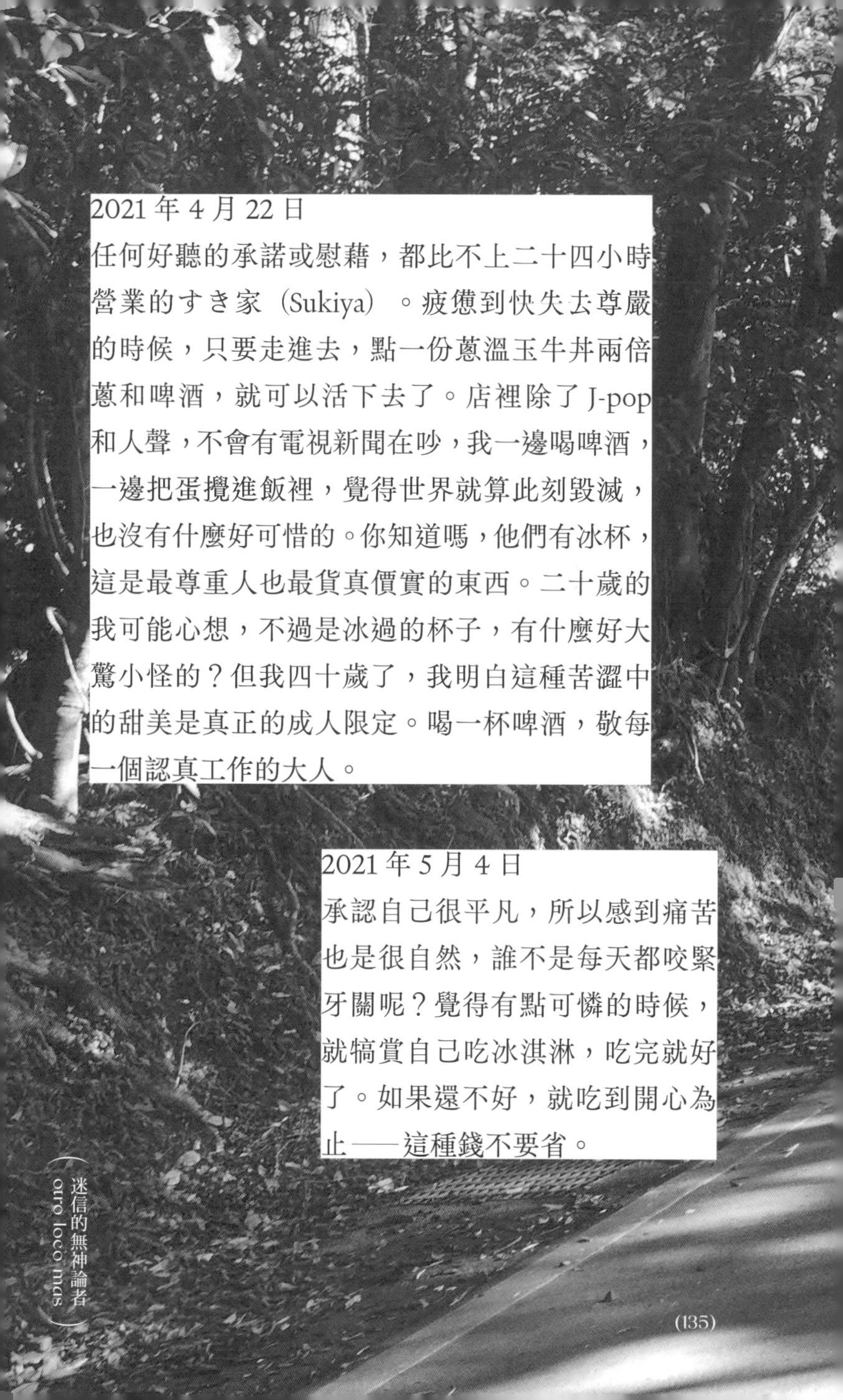

2021 年 4 月 22 日

任何好聽的承諾或慰藉，都比不上二十四小時營業的すき家（Sukiya）。疲憊到快失去尊嚴的時候，只要走進去，點一份蔥溫玉牛丼兩倍蔥和啤酒，就可以活下去了。店裡除了 J-pop 和人聲，不會有電視新聞在吵，我一邊喝啤酒，一邊把蛋攪進飯裡，覺得世界就算此刻毀滅，也沒有什麼好可惜的。你知道嗎，他們有冰杯，這是最尊重人也最貨真價實的東西。二十歲的我可能心想，不過是冰過的杯子，有什麼好大驚小怪的？但我四十歲了，我明白這種苦澀中的甜美是真正的成人限定。喝一杯啤酒，敬每一個認真工作的大人。

2021 年 5 月 4 日

承認自己很平凡，所以感到痛苦也是很自然，誰不是每天都咬緊牙關呢？覺得有點可憐的時候，就犒賞自己吃冰淇淋，吃完就好了。如果還不好，就吃到開心為止——這種錢不要省。

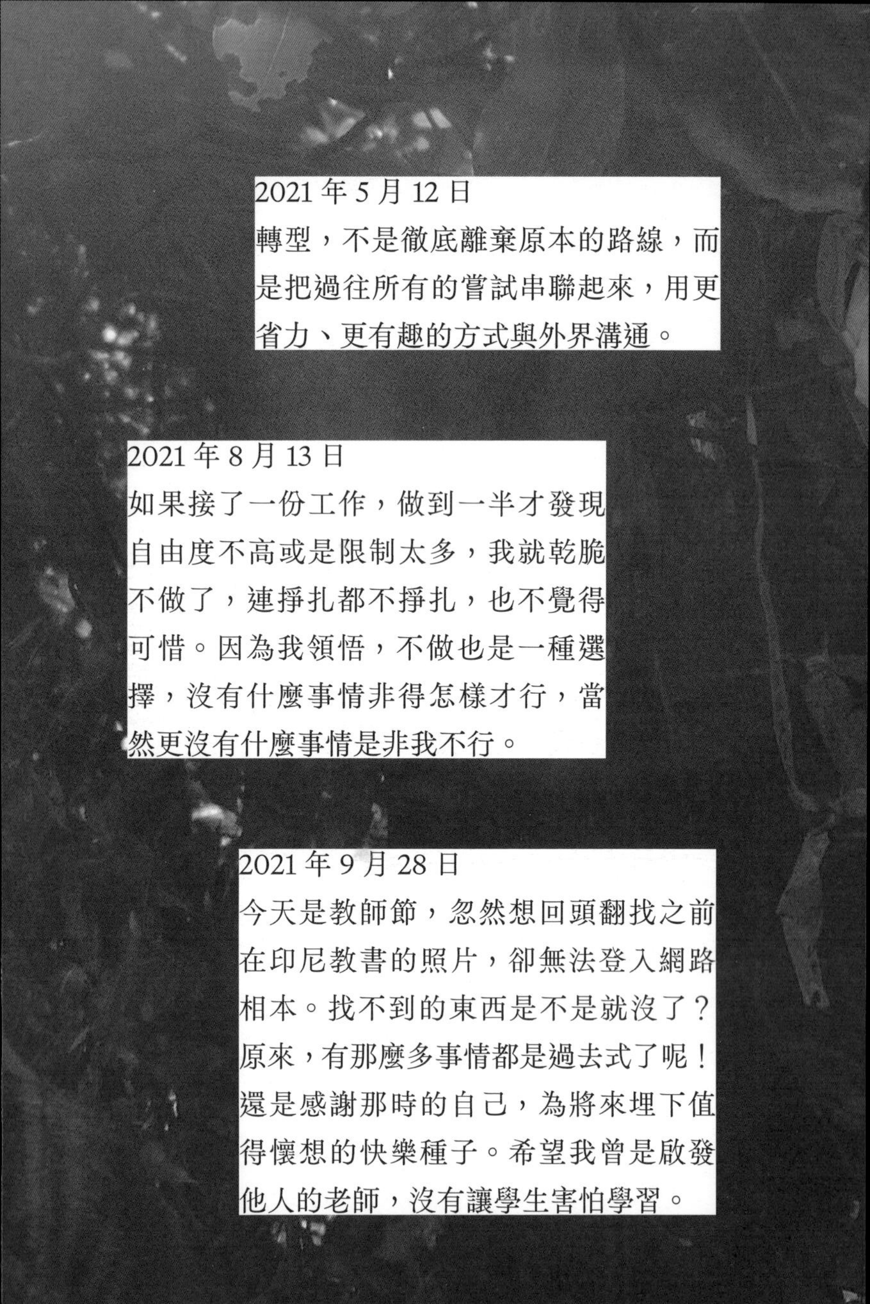

2021 年 5 月 12 日

轉型，不是徹底離棄原本的路線，而是把過往所有的嘗試串聯起來，用更省力、更有趣的方式與外界溝通。

2021 年 8 月 13 日

如果接了一份工作，做到一半才發現自由度不高或是限制太多，我就乾脆不做了，連掙扎都不掙扎，也不覺得可惜。因為我領悟，不做也是一種選擇，沒有什麼事情非得怎樣才行，當然更沒有什麼事情是非我不行。

2021 年 9 月 28 日

今天是教師節，忽然想回頭翻找之前在印尼教書的照片，卻無法登入網路相本。找不到的東西是不是就沒了？原來，有那麼多事情都是過去式了呢！還是感謝那時的自己，為將來埋下值得懷想的快樂種子。希望我曾是啟發他人的老師，沒有讓學生害怕學習。

（迷信的無神論者 otro loco mas）

2021 年 10 月 26 日

想大量減少囤積，讓物件可以流動，不要滯留在身邊。當然，花這麼大的工夫整理，最主要的原因，是覺得自己值得更多的空間，無論是物理的，或是心靈的。我渴望餘裕。

（迷信的無神論者
otro loco mas）

沒有兩碟小菜，不算真正吃飯

透過吃東西，我才越來越了解自己的個性。

從小到大，我一直認為自己是雙子座，血型又是O型，一定跟星座專家、血型專家所說的一樣，難以接受一成不變的生活狀態，凡事求新求變。後來，我才發現這理論只對了一半。我在工作中嚮往不同挑戰，但總同步希望能夠訂立標準流程的準則，而在生活當中，我反而不是願意挑戰的人，更追求穩定。

這件事，是某一天我在工作室附近的小餐館發現的。我按照慣例在傍晚五六點報到，這一次，我沒有選擇原本習慣點的那道飯食，而是點了一碗榨菜肉絲麵。把菜單送到櫃檯，走回座位途中，卻聽到老闆對廚房裡的員工興奮喊著：「他今天吃麵！」當下我有些不好意思，趕緊戴上耳機看日劇，假裝沒聽到。也在那時，我才注意到自己可以每天都吃同一家餐廳，同一道菜色，都不會膩。

那天回家，我仔細回想，對，疫情期間我每天晚上都吃便利商店的蔬菜沙拉搭配一枚御飯糰，沒有變過。大學時，我也是固定三家餐廳輪替，幾乎都吃相同的餐點，頂多是固定的飯食輪替選擇。最近愛吃的泰國餐廳，我只點綜合蔬菜、金錢蝦餅等菜色，其他都由同桌朋友決定。就連小時候我媽帶我去外面自助餐買便當，我也總是點蕃茄炒蛋、炒茄子、三色蛋和一隻滷雞腿，鮮少有變化。

說也奇怪，在工作上我是那種乾淨俐落的人，但在生活層面，我一旦進入穩定、固定的模式或關係，就不想離開了。我骨子裡絲毫不願改變，可以將就配合外界與對方，甚至因此把自己搞得一團糟。久了之後，我就會討厭起自己，為什麼那麼懦弱、不勇敢一點，然後不得不在積怨已久的狀況下脫離一段關係，或是在痛苦中去申辦原本就該換的服務——例如YouBike已經運作不知道多少年，我卻還是在四十歲之後，在戀人教導之下，才辦好悠遊卡租借（「原來那麼方便！」）。最近的案例是YouTube Premium，我忍了一兩年，想說反正看看廣告也能吸收新知，頂多六秒鐘按掉就沒事了，結果有一天無聊按下申辦之後，才知道無廣告的體感讓人太震撼了，我真的很想對自己怒吼：為什麼要忍受爛廣告那麼久？陳夏民你根本就是大笨蛋！

不過，有些固定的習慣、模式如果沒有傷害，維持下去也沒差。反正總要遇到狀況了，才會知道自己喜歡什麼、討厭什麼、無法接受什麼，然後在調適之中一點一點修改，慢慢靠近理想的生活。

被餐廳老闆點醒之後，我開始研究自己的生活習慣，希望針對自身喜好建立一番準則。

我心目中最理想的餐廳是這樣的：食物不要太油，普通好吃就好，桌面要夠大，歡迎一個人用餐，最好還有乾淨的透明櫃陳列各式小菜，如果裡頭恰巧有一盤帶甜帶辣的花生小魚（最好能吃到糖的顆粒），我就會覺得那一頓飯人生圓滿，沒有遺憾了。

雖然每天都吃固定的主食，但我之所以能每天報到，其實是這家小餐館的配菜都不太一樣（我猜是因為老闆也發現我每天光顧，深怕我吃膩吧），冰箱裡又有很多小菜可以選，筊白筍、青椒、豆製品、花生小魚、玉米筍等，每天都不太一樣。雖然不致站在冰箱前挑選太久，但我喜歡每次吃飯時，知道我有選擇。

不，應該說，我時時刻刻都在提醒自己，我是有選擇的，我不想再委屈自己了。

當然，我也不會照單全收。有時候小菜可能賣相不夠好，或是剛好沒有自己想要吃的菜，那我就一盤都不選。全部都不要，也是一種選擇。當然，為了有選擇，就要付出更多的代價，例如每一餐的費用可能比別人多上一倍（一般單獨用餐的顧客，鮮少和我一樣會點上兩盤小菜，多半是主食配上一碗湯），但為了維持這樣的生活品質，我就是認命工作，確定有足夠的收入可以支撐我的用餐習慣。

或許是某種精神感受的延續吧，我開始訂閱串流服務，一個接著一個，只要有想看的影視節目，我就直接訂，訂了後也就懶得取消，畢竟一個人用餐的時候，我可以隨點隨看配飯吃。先前生活比較困頓（不是沒錢，而是某種疲勞感受揮之不去）的時候，我只有訂 Netflix 卻都不會去看（現在想想覺得自己好浪費）。但後來好好調養，改善工作模式之後，精神終於有了餘裕，就希望處在始終有選擇的狀態。我也不去計算每個月都要看多少節目才算回本，因為這些 App 能夠安然存在於我的手機，想看的時候就能點擊收看，已經發揮最高的價值了。

的確，在我忙到不知當下何年何日的時候，別說好好照顧自己，就連吃飯都無法享受，無論是高級或普通菜色，就是把東西塞進胃裡，維持身體機能運作罷了。那樣的日子雖然賺到不少錢，可是賺來的錢都花在無意義的地方，出國放假都在生病狀態（你知道的，壓力一旦舒緩，身體就要抱怨了），卯起來吃好料卻發現有些特定的大菜對身體負擔很大。有時真的會想問：我到底在幹嘛？

後來我才理解，如果連一頓飯的時間都撥不出來，就是愧對自己的努力。所以我養成固定時間用餐的習慣，雖然點的菜都差不多，但我知道自己攝取了相對健康的食物。在這一張舒適的大桌子上，我可以安心吃飯，輕鬆追劇，好好享受這一個小時的時間——我選擇好好吃一頓飯。

有一種沒落正在蔓延

前陣子，國外的電玩論壇流行一個問題：「為什麼我們一直買遊戲，可是都沒有在玩？」

是啊，這個現象似乎越來越普遍了，很多人買了一大堆遊戲，甚至觀賞別人實況打遊戲，但始終提不起興致動手去玩。同樣的問題也存在於各種片單類型的娛樂模式上，很多人在串流媒體上看預告、看簡介，把新片加入片單，卻沒有打算看；買了一大堆串流、訂閱了很多服務，卻沒有真正使用。

我也有這毛病。雖然我很清楚一切都是多巴胺作祟，只要串流媒體或是電玩平臺的商店持續提供多元的內容產品選項，就會讓消費者於瀏覽商品頁面時，大腦被多巴胺襲擊到開開心心，得到了「我要繼續往後滑，因為還有更多（更好的）選擇」。遊戲等娛樂理當是要透過實際參與而獲得刺激與滿足，但沒想到科技進步，卻反而讓我們在「逛街模式」還沒結束之前就得到刺激與滿足，用「假的」過程去取代、延遲了真正的享受。

回想當初我對電玩所懷抱的熱愛，對比如今可有可無的淡漠，就會產生一種大人式的感傷——是啊，我不是都花錢買了遊戲嗎，我明明擁有了，為什麼反而不覺得真正快樂呢？以前是沒錢買正版，每一款遊戲買了之後都要玩上幾十個小時，如今卻是完全相反。在某種程度上，滿滿的遊戲清單或是實體遊戲片收藏，也算是囤積症吧。

我好懷念當初打電動打到廢寢忘食，連續玩上十多個鐘頭，主機燙熱發出怪聲音，爸爸媽媽在我書房門外生氣飆罵的時光。那時候的我好年輕，對於任何事情都還有好奇心，我覺得如今的我真的好蒼老。

小時候，爸爸經常到日本出差，像是《人間失格》大庭葉藏的父親，總會詢問孩子有沒有指定的伴手禮。我年紀太小，實在不懂要買什麼，只要有文具類型的東西就開心無比。哥哥大我六歲，不知道為什麼嗅覺靈敏，總是知道日本才有的好東西。於是，一九八八年或是一九八九年吧，老爸又要出差，哥哥便拜託他買Sega的Mega Drive遊戲機，當作我們的禮物。

那時候我們家已經有任天堂（Nintendo）紅白機（Family Computer），而我最喜歡玩的便是《超級瑪利歐兄弟》（Super Mario Bros.），直到現在我都還記得玩遊戲的準備動作：插入遊戲卡匣之前，必須先往卡匣底部吹氣，確定沒有灰塵會污染插槽。那時，和同學討論的話題有很大一部分與《超級瑪利歐兄弟》有關，大家都想知道，哪裡還有隱藏密道與綠色蘑菇。有人為了受歡迎而亂吹牛，結果同學回家玩遊戲怎麼找都找不到那顆可以加一條命的隱藏綠色蘑菇，隔天謊言被拆穿之後，那位同學就被大家冷落到畢業。也因為這遊戲太受歡迎了，角色眾所皆知，於是出現各式違法盜版的變體：有些小吃店或是雜貨店前面都能看到俗稱「小瑪利」的痲仔臺（賭博電玩）。

不久，爸爸真的把 Mega Drive 帶回家，但因為哥哥已經就讀國中，娛樂時間比較少，於是這臺遊戲機都是我在玩。那時爸爸連帶機器一同買回來的遊戲是《獸王記》（Altered Beast），就我的印象，就是主角要去拯救情人，需要打敗各種怪物，過程中，他只要打死雙頭狼就會得到一顆藍色寶玉，每吃到一顆藍色寶玉身形就會變壯，吃到第三顆藍色寶玉就會變成獸人，每一關卡有不同型態，依序為狼人、龍人、熊人、虎人、金狼人等。

如今回想，這遊戲完全反應了八零年代的流行文化，像是那時每週六晚上，我都要守著臺視觀賞的歐美影集《千面飛龍》（Manimal），男主角可是會因應不同場合變身為不同動物啊！更不用提後來中視又播出了《浴火鳳凰》（天啊，潘迎紫變身成鳳凰的各個階段真的令人起雞皮疙瘩，太真實太噁心太好看了！），我每次看了都會想回頭玩《獸王記》，還會遺憾，為什麼他不能變成鳳凰或是老鷹，太可惜了。

等我上了國中，反而不太玩家用遊戲機了，班上同學多半討論《快打旋風二》（Street Fighter II: The World Warrior），那是大型電玩，通常只有電動場才能玩得到。我讀建國國中，訓導處的老師都好兇狠，如果去打電動被老師抓到或是被同學告發，我一定吃不完兜著走，可能要掃一輩子廁所還要被記警告。加上我又被認定是前段班的好學生，要是被抓到一定加倍處罰，可能連早自修都要去掃別年級的廁所吧。

幸好，我的課後補習班在前站市區，而不是學校附近（後站），既然離得遠遠，我就安心出發了。我在三民路一帶的立人補習班上課，總利用傍晚吃飯與晚上上課之間的空檔，跑到如今已經拆除的永和市場一樓去玩。我當時就覺得那一棟大樓實在太詭異，樓上有大型電影院，各個樓層都有各自的小店，而樓下則是菜市場與大型電玩機臺並存，一切都太衝突、太前衛了。不過，有得玩就要謝天謝地，我怎麼能嫌臭？就算再臭，把綠油精朝鼻子一抹就可以開心玩下去啦！

一開始，我連貼在螢幕上的招式表也看不懂。還是其他玩家教我如何轉出昇龍拳、波動拳，我才慢慢進入狀況。之後，我持續精進，變成能夠投幣與人單挑的強者了（但往往贏了第一局，之後就會輸光，我也因此發現我的注意力只有一回合，約六十秒，任何事皆然）。說也奇怪，我明明穿著學校制服在校外打電動，卻從來沒有被抓過，想必我終究是受到遊戲之神眷顧的吧。

在我印象中，當年的桃園就像是巨大的盜版遊樂場，所有與遊戲相關的東西，都不是合法正版。《快打旋風二》後續除了自家改版，加了新人物之外，最受歡迎的竟是臺灣人改造的盜版款：《葵花寶典》，每一個角色都可以滯空發出絕招，春麗可以踩在空中發百裂腳，更不用說龍、肯、凱爾可以在畫面任何一角發氣功。我知道怎麼轉出昇龍拳，更是賺爛了：絕招一出，除了原本往上攻擊的昇龍拳，還會從龍與肯的身旁（我們那時都說是腋下）發出多道波動拳，啪啪啪一下子就把對手打死了。

不過，那也應該是我人生第一次感受到，再怎麼好玩的遊戲，只要失去公平的規則，就算擁有優勢，一切都會變得無聊——每一個人都在ㄎㄠ昇龍拳，無聊死了啊啊啊。

上高中那年，Sony 推出 Play Station，爸媽買了一臺給我。我把電視和遊戲機搬進書房，沒日沒夜玩了起來。有時週末的時候，同學來我家玩，我們可能去百視達租錄影帶來看，之後就一起玩遊戲。

只要沒有補習，我每天下課最迫不及待的事，就是穿越火車站旁的地下道，先到大林路與延平路口的電玩店挑一片五十元的盜版PS遊戲片，還不忘在每個禮拜五傍晚（如果我沒記錯），購買最新一期的《疾風快報》，才心滿意足回家。

《疾風快報》是臺灣人出版的遊戲雜誌，雖然我那時沒有編輯經驗，但以讀者的角度來看，也是編排完整、資料密集，版面清晰的雜誌，只要帶到學校一定會被很多人借閱，而光是翻閱，就覺得自己認識了很多遊戲。雖然翻閱雜誌時我不曾想過要成為編輯或是踏入出版社，但這樣一份想必是對電玩懷抱著純粹熱愛的編輯團隊所做出來的刊物，終究是影響了我。如果有機會可以與這些前輩們相見，甚至一起討論遊戲，我應該會忍不住眼眶泛淚吧。

在整個 Play Station 一代時期，我最喜歡的是《影牢：刻命館真章》，那是一種設下陷阱殺人的遊戲，主人翁是村莊居民眼中的邪惡女巫，實質上也像是反派角色，因為她的任務就是守護這座刻命館，透過天花板、牆壁、地板陷阱去殺死所有侵略者。這些侵略者當中，有普通人也有軍人等，而每一個侵略者亡命的那一刻，總會發出令人起雞皮疙瘩的嘶吼或是悲鳴（每次聽到，總覺得配音員是不是被捏大腿內側才會痛到發出那些聲音）。雖然朋友都覺得我玩這種遊戲實在太變態了，但他們每次來我家都會乖乖坐在旁邊看我玩，嘴巴張得開開，想必也理解其中的有趣之處。

說也奇怪，之後到了大學、研究所，甚至是創業，我對於遊戲的感受與狂熱反而越來越淡，雖然也會買新的主機，例如XBOX、NDS、Switch，但總是興致缺缺。如果要說有什麼熱情，可能是在大型電玩狂練《格鬥天王二零零二》（The King of Fighters 2002）。除此之外，沒有了。

我甚至買了Switch好幾年，卻沒有「真正」玩過任何一款遊戲。

那時，Netflix 也上線了，我第一時間便訂閱，卻根本沒有好好坐下來「真正」觀賞任何一片電影、一部影集——不過，我倒是已經編好一輩子看都看不完的片單。

我到底怎麼了？

我是「質量守恆定律」的信徒，相信所有能量的轉換都有其秩序，一來一往，不可能憑空消失。如果熱情是可以流動的能量，當初我對電玩的愛如今跑到哪裡去了？全數流到出版嗎？可能，但這段時間，我對出版所抱持的情感可是相愛相殺，不是當初純粹的愛。

雖然不敢說必須把愛找回來，畢竟我也不能確認電玩對眼下生活的必要性，但我想要搞清楚情感轉變的歷程。我害怕的並不是一輩子再也不能打電動，而是擔心內心似乎長出了一種冷漠，它澆滅了原本炙熱的情感，扼殺了原有的摯愛，將一切變得可有可無。這種冷漠正一點一滴污染了我，讓我眼前所見的世界都覆蓋上一層灰色，色階都淡一格。

眾人都說我愛書，是把一輩子都獻給書的人，真是這樣嗎？他們不知道的是，我曾經把辛苦做出來的書朝地上一扔，輕蔑地看著它。雖然事情有前因後果，但只要想起那個場景，總會覺得自己像是殺害親生孩子的父親。

我曾在朋友聚會聽到類似的說法，他們抱怨買了什麼、訂閱了什麼，卻都沒有使用，就是提不起勁，想想，這可能是時代的通病吧，人與人之間被切斷了什麼，什麼都可有可無。但我想找到答案，我必須找回對於生活（甚至是活著本身）的Passion，在一切都變成灰色之前……

想要認得Minji的臉

身邊許多人都是 K-pop 粉或韓劇迷，但我始終沒有被韓國文化真正吸引。因為工作因素，我經常到韓國參加書展，認識了許多韓國朋友，雖然對韓國文化越來越有興趣，但仍不至於深陷其中。

隨著我開始了採訪韓國獨立出版人的計畫，發現每一個出版人或多或少都有喜愛的 K-pop 偶像，而一同採訪的夥伴們也都有自己熱愛的韓團與明星。不確定是否出於愛屋及烏的心態，但我的確覺得多認識 K-pop 對採訪計畫會有幫助。趁著在首爾參觀唱片行的時候，我決定入坑，買了一張 NewJeans 的新專輯《How Sweet》。在完全不認得五個女孩子誰是誰的狀況之下，我挑選了專輯封面上戴著兔耳的 Minji，因為夥伴們告訴我，我身為出版社的社長，應該支持她們的隊長。

「好。社長支持隊長！我以後就是 Minji 粉了。」

回到臺灣之後，我拆開唱片觀賞，藏在披薩盒形式外盒裡頭的，是印刷精美的小冊子與各式小卡、贈品，我一一把玩，對韓國偶像產業的設計與包裝嘖嘖稱奇。看著看著，發現五人當中只有兩張臉是我可以立刻辨識出來，分別是混血兒的 Danielle 與短髮的 Hanni，但我難以看出其他三人的差異。

我想起剛出社會時，K-pop 正紅，各式男團女團家喻戶曉，甚至有好多朋友都變成死忠粉絲。那時我熱愛看音樂頻道，但每次看到韓團的音樂 MV，都很難辨認出每張臉孔的差異，一方面是妝容與造型有時候很像，一方面是畫面轉換太快，對一般人並不是很友善。

當然，我自己不曾花過心思研究，這才是真正的原因。

我曾經遇到了幾個超級粉絲，驚訝於他們對偶像的愛，卻沒辦法理解，甚至會帶著揶揄的口氣，嘲笑他們喜歡長相相似的明星。那樣的輕蔑，就像是大人嘲笑小孩子的初戀或是玩具一樣，註定會招來敵意。好幾次，對方臉色閃過一絲不悅，但他們都是社會化的人了，自動岔開話題，然後藉機告辭。我意識到自己搞砸了，但礙於奇怪的自尊，也不願意道歉，甚至以理所當然的態度去包裝這種莫名其妙的刻板印象。

我回過神來，看著小卡上五張可愛的臉孔，拿起手機觀賞她們的MV，歌很好聽這不需要多說，但看著原本就漂漂亮亮、青春無敵的少女，還那麼努力維持身形、精進歌藝與舞蹈技巧，我這樣怠惰維持健康的中年人，真的自慚形穢。

我回想過往朋友們提及偶像時，閃閃發亮的神情。那一刻，我決定成為追星族，我想要體驗迷戀韓團偶像到底是什麼滋味，雖然她們的妝容還是很像，但至少我要把Minji的臉孔記起來，畢竟我早就決定成為 Minji 粉了。

接下來一整個禮拜，只要工作到一個階段，我就會打開 YouTube，觀賞 NewJeans 的各支音樂 MV 與打歌舞臺的演出。我張大眼睛，仔細盯著五個人的臉，努力想要定位誰是誰。之間不忘 Google：「NewJeans 怎麼認人」。在無數臉孔影像刺激之下，我越來越能確認誰是誰了，Hanni 的嘴唇很有特色、Haerin 的眼睛像貓、Danielle 像是洋娃娃，但最難的還是 Minji 和 Hyein。經歷了沉浸式認臉的一個禮拜，應該是第八天還是第九天吧，我終於可以在五個人之中，第一個指認出 Minji 了。

高興沒多久，我竟然發現，原來我認出來的不是 Minji。不，應該說，一直以來我以為是 Minji 的人，其實是 Hyein。我無法說自己是 Minji 粉了。只要觀賞 NewJeans 的影片，我的眼神自動會搜尋 Hyein 的臉，我無時無刻不在畫面搜尋她的身影。當下，我終於能夠體驗什麼是身為粉絲的驕傲：就算舞臺上有那麼多人，我還是能夠立刻指認出自己的「推」，為她加油打氣。

得到這個領悟的那天，我吃完晚餐立刻衝到桃園光南的韓國唱片區，帶走了兩張 Hyein 版本的唱片，用這種方式支持她。回到家，也迫不及待地在社群媒體上搜尋 Hyein 的資訊，追蹤了許多同好，樂在其中。

我醒了，並且深切意識到當初有多無知，怎麼會說 K-pop 女團成員都長得一樣呢？一旦認得了，每一個人都截然不同，就算穿著相同的打歌服裝，我也都能輕鬆辨認。更感動的是，我終於理解什麼是粉絲對偶像所懷抱的愛——在無數的ＭＶ裡搜尋偶像的身影，每一次的辨識、每一次的凝視，都是對偶像投注珍貴的時間。這樣的歷程，其實與鳥類學家、植物學家，甚至是蒼蠅專家無異，因為他們對研究的物種投注了驚人的時間，才能輕易呼喚出眼前生物的名字。

每一次的指認，都是愛的證明。

也因為真心喜歡上了Hyein，我對韓國文化忽然興起了巨大的好奇心，在演算法推波助瀾之下，我所有使用中的社群媒體，幾乎都會推送 K-pop 與韓國影視資訊給我。我從 NewJeans 認人開始入坑，不過一兩個禮拜的時間，竟然就可以認得至少六、七組以上的韓團偶像臉孔了。

後來，我迷上了另一個女團 NMIXX，或許是對其聲音與歌曲著迷，我竟然想要在不看畫面的狀況之下，認得六個團員各自的聲音。幾個朋友聽聞我的行動，覺得我瘋了，不過是聽歌而已，為什麼要做到這個地步呢？

「因為我想要好好認識她們，就像我聽到你的聲音就知道是你一樣。」說完，朋友忽然有些害羞，好像也能理解了。

我決定帶他入坑。

成為專業的人了

今天回到母校東華大學，討論曾珍珍老師遺作的出版計畫。

跨年後的連續陰冷，加上書展前許多工作的緊迫，總讓人心情悶悶的。在桃園火車站等車時，外頭下著大雨。坐上自強號，穿越了無數的隧道與地景，不變的是外頭灰撲撲的陰雨積雲，我低頭用手機辦公寫稿，忘了時間。直到窗外世界亮度明顯改變，我抬頭望向窗外，映入眼簾的是一片翠綠的山綿延到天邊。

我到花蓮了。

搭計程車到東華，女司機誇獎我的髮型很好看，但她不知道文學院怎麼走，「不好意思，我只知道理工學院。」雖然校園裡冒出了許多我無法指認的新穎建築，但我告訴她我會帶路，前面左轉，右邊那棟淡咖啡色和紅色的建築物就是了。四百四十塊錢，十多年來沒有太大改變的計程車費。

走進去文學院，我像回到了當初的時空。那時候，我們會在D104上英國文學史、美國文學史，依稀記得我總是坐在教室左後方靠窗的位子。蹺課是免不了的，偶爾比較乖會想要請假，如今想想，老師們看見那麼蹩腳的請假理由，大概也是睜一隻眼閉一隻眼，笑笑帶過。我甚至走進了曾珍珍老師生前的辦公室晃晃，原本以為睹物思人會有淡淡哀傷，卻意外反而獲得很多能量。

關於曾老師遺作的出版計畫，大約十分鐘就討論完畢了，同桌的老師微笑說道，出版還是要讓專業的人來。「專業的人？」我在心裡回想這幾年的磨練，那些咬牙撐過的時刻如今可以一笑置之，我也的確算是專業人士了。

就在這個時候，我意識到，如今我也是當初走進教室教導文學知識的老師們的年紀，說不定比起某些老師的年紀還更為年長。從今天起的二十年，我是否能夠繼續成長，像是我的老師們一樣，透過書本與各式各樣的內容產物，為這個世界繼續貢獻呢？

先前，我總因為過度投入工作，而錯過與重要的人相聚的機會，然後，就沒有下次了。如今回想，那些努力的時刻根本沒有成就什麼偉大的事情，但如果我不在那些工作的現場，我能夠陪伴在需要的人身邊嗎？當下的時空條件是否會允許讓星星來到正確方位，讓我們都有機會與愛著的人好好道別？

雖然很難過，但也只能這樣。

我已經是大人了，我可以理解遺憾，我可以說服自己接受。他們離開之前，留給世界那麼多珍貴的禮物，我多麼希望，未來如果遇到他們可以笑笑說：「老師，我也算是你們贈送給世界的禮物之一吧。」

我不敢說自己是好人，但至少在專業上，我要抬頭挺胸，把從每一位老師或重要朋友身上所學到的東西，繼續傳遞出去。而未來，若是遇到委屈或是挫敗，我會學習自己排解，同時練習承擔他人之苦，不為什麼，因為我是專業的人了。

漫長的動森暑假

疫情期間，許多人都跌入動森的坑，網路上全是相關術語與圖片在洗版，雖然我自己早買了，卻始終沒玩。反而是在流行熱潮結束之後，有一天打開 Switch，才終於踏上那座島。那時其實已經很多朋友都不玩了，但遲到總比沒來好，誰會知道被現實生活折磨到靈魂破破爛爛的我，竟然在動森的世界得到了終極修復，活過來了。

《集合啦！動物森友會》（Animal Crossing: New Horizons）

的規則，是玩家必須開發島嶼，讓環境越來越好，最後收留十組動物居民，讓他們在島上蓋房子生活。這個遊戲很奇妙，沒有劇情，就是讓玩家自己決定要做什麼。於是，有人以蒐集全數的魚類、昆蟲、化石、深海生物或是美術品為目標，有人希望得到建設島嶼的五星評鑑，有人想要得到所有的DIY方程式，有人想要在島上搭蓋出讓人眼睛為之一亮的奇景。有多少人在玩，就有多少種玩法。而我一開始的目標很簡單，我想要在動森的世界裡，回到小學時的暑假，來一場華麗的大冒險。

小學的暑假，雖然我有大半時間都在打電動或是去補英文，但回想起來還是很刺激好玩。不用去市區補英文的時候，我會和鄰居小朋友一起玩紅綠燈、閃電布丁或是鬼抓人，不然就是在老家附近的廢田（如今已經變成住都大飯店的腹地了）捉迷藏、打彈珠、抓蟲子，在田裡隨意亂灑紅豆綠豆，看之後會長出什麼。有時如果田裡雜草長得很高，我們還會不顧大人阻止，拿著竹竿或是木棍偷偷鑽進去冒險，雖然沒有被蛇咬過，但也見識過很多難以忘懷的景象，例如一具僵直的狗屍。我早已忘了皮毛是什麼顏色，但卻記得牠牙齦的顏色，那是褪到很淡很淡的粉紅（這也是我一輩子的惡夢來源之一，是我多年後在花蓮草叢中尋找走失的黑狗時，腦海中不斷閃現的畫面）。也曾在颱風過後，於廢田深處發現一灘發散尿臭的小水窪，裡頭躺著一隻吳郭魚正在呼吸掙扎不肯死。從此之後，我再也不敢小看吳郭魚了（有一陣子也不太敢吃吳郭魚）。

那時的我用手抓過蚱蜢、田螺、蝴蝶等任何出現在廢田裡的生物（除了青蛙，我死都不碰，那皮膚太黏滑太可怕，我要是摸了晚上一定作惡夢），也曾經帶著那時的小狗恰比鑽進草叢，結果被爸媽發現惹來一陣痛罵，好險恰比沒有沾染到跳蚤害全家人遭殃，不然我真的會被修理成《靈山神劍》裡面的靈芝草人，失去語言能力，只會哭著大喊啊呀呀。

如今回想，那些年的暑假，我不需要考慮成本、思考目標而可以大膽揮霍時間，每天就是努力玩耍，這樣的放肆，一生能有幾回？

COVID-19三級警戒的時候，我有更多工作暫停或改成居家進行，幾乎可算是被迫放起長假。一開始很不能適應，甚至每天還想逼自己搜尋新的生產力工具或是開發新的工作模式，想要在大家都慢下來的時候，來一場提高效率的祕密特訓。但發條拉太緊絕對會斷掉，我的身心狀況剛好在疫情之前也到臨界點，就像是每天被高掛在眼前的紅蘿蔔詐騙，用百分之兩百的氣力朝目標奔跑的驢子，有一天忽然發現自己再也提不起勁繼續往前了。

於是，我只好坐在沙發上看Netflix，第一感想是，哇，我今天坐在沙發上看電視的時間，可能超過這幾年坐在沙發上的總和。然後，我登上動森之島。

玩了《集合啦！動物森友會》之後，我每天釣魚種菜敲石頭，彷彿回到了小學的暑假，每次翻閱遊戲中的昆蟲圖鑑，我都會想到當年徒手捉蟲的自己，如今除了操作遊戲分身（Avatar）揮舞捕蟲網去抓蟲，我根本沒有觸碰昆蟲的勇氣——這幾年唯一觸碰過的昆蟲，可能就是蚊子、蒼蠅或是蟑螂，唉。

登島之後，除了被黃蜂、蠍子或狼蛛追趕會腎上腺素飆升嚇得大叫之外，我嘴角永遠洋溢著微笑。唯一感到不耐煩的時刻，是一開始的遊戲讀取時間太久，我總在那時候祈求未來 Switch 後續機種上市時，能夠相容舊遊戲，並以更高性能來讀取遊戲，大幅減少玩家的等待時間。

說也奇怪，動森根本沒有驚心動魄的遊戲主線，但我日也玩，夜也玩，玩得津津有味，甚至還會把島民當作是寵物，自顧自對他們講話，稱讚他們有多可愛，不忘為他們挑選適合的禮物（我會用禮物紙把禮物包裝起來）。

那時，網路上有很多玩家討論如何把不喜歡的島民送走，改邀更可愛的S級島民進駐，但動森裡島民離去的時間點幾乎是隨機的，所以流傳出很多都市傳說，例如拿捕蟲網敲他們的頭、把他們關起來等等。我光聽都覺得不可思議，但我承認拿過捕蟲網去敲其中一位島民的頭，純粹是想測試遊戲機制是否允許玩家對島民使用手中道具。我敲了一兩下就停了。誰會捨得拿東西打朋友的頭呢？還要把他們送走？也太殘酷了吧！

我的十個小動物島民，分別是古乃欣、遠仁、湯姆、瑪丁、嘟嘟、思穎、阿一、張瑜、班長、朱利亞，雖然他們不是全部都很討喜，我也曾在某幾隻登島時大感失望，甚至覺得其中一兩隻個性很煩，但我們一同度過了漫長的夏天，早已變成好朋友。

他們不會嫌棄我，就是對我好。

我永遠不會忘記，我生日那天一開機，他們竟然簇擁上來為我唱歌慶祝，為我舉辦慶生派對。我想起小時候第一次在家開生日派對的光景：老媽說可以邀請同學來家裡玩，結果我問了班上同學老半天，只有兩三個人願意來。我們圍坐在客廳的小板凳上，唱生日快樂歌，一起切生日蛋糕，沒有什麼甜點，餅乾好像還是拜拜用的，飲料則是味全果汁牛奶。吃完之後，我覺得好空虛，和電視裡外國小朋友的生日宴會差太多了，甚至內心興起一點點無能為力的羞恥（印象中也沒有收到禮物）。那個年代的小朋友圈，最流行的其實是麥當勞生日宴會，但我年紀還小，總覺得生日派對是有錢人才能負擔的東西，所以不敢跟爸媽開口。雖然我每個禮拜可以趁著補英文去吃兩次麥當勞，已經超越了很多小朋友，但是要租下一間小包廂，讓每個小朋友都能戴上派對帽，請麥當勞姊姊帶大家畫圖，大家一起喝可樂吃薯條啃漢堡，感覺實在不是我家負擔得起的（但說不定可能根本不貴，只是小時候的錯覺）。直到現在，在麥當勞辦生日派對仍是我未竟的夢想，我真的很期待和好朋友們一起在圖畫紙上畫漢堡神偷或是奶昔大哥啊啊啊，但要在公開場合在頭上戴圓錐形派對帽，反而有些不好意思了。

總之，就這樣，我的島民為我開了一場成功的生日派對，幫我圓夢了。

還有一次，我在動森的信箱收到島民遠仁寄給我的信，當下感動流淚，原本我習慣收到信件當下就刪除，但這次決定把信留下，說什麼也捨不得刪……

他寫道：「夏民，我昨天夢到你囉。就算在夢裡面，你還是一樣很善良耶。」

我就問，哪個大人讀到這樣的信不會哭？（該不會只有我！）

每一個在真實世界努力活著的人，為了擠過成功的窄門，或是能夠低標過關，誰的心裡不是滿布傷痕？因為資源有限，我們想要爭取的，勢必是他人眼中的寶物。誰都不想傷害誰，但終究會有人受傷。不知不覺中，我們可能早在別人的生命裡扮演過好幾次大魔王，是他們與親友聚會時抱怨的討厭鬼。

這也是為什麼當我讀到遠仁的信，會覺得被理解、被安撫。

變成大人之後，可以對外言說的事情變少了，很多以往會大聲張揚或是當笑話看待的物事，後來慢慢地選擇不說出口，怕造成別人的困擾。漸漸地也不在網路上討拍，因為我清楚有更多人正艱難地活著，我不應該把自身痛苦變成某種炫耀。

或許會沉迷於動森這一座島，時刻想要被小動物們圍繞簇擁，也是相同的道理。在真實世界，我習慣反覆計算與他人之間的人情距離，深怕太靠近會造成別人負擔，離得太遠又怕自己被認為太冷漠。但這些小動物居民沒有這些煩惱，他們看到我就會快樂撲上來，說一些莫名其妙又很難討厭的話語，偶爾還會透漏他們的小小煩惱。他們甚至想知道我喜歡他們怎麼叫我，想要我為他們建議口頭禪或是招呼語。雖然每個小動物都有自己的性格與口頭禪，但我讓島民們建立起新的習慣，要他們親切呼喚我的名字，要他們對我說的第一句話就是「我好想你喔寶貝」，口頭禪則變成語尾加上「愛你喔」。我因此受到語言魔力的洗禮——原本再怎麼不討喜的島民，在每天說出親密言語後，也變成心肝寶貝了。

仔細想想，強制命令別人怎麼叫我、怎麼招呼我，這種作為有些類似恐怖情人或根本就是感情世界的暴君吧？但在現實中，就算面對心愛的人，我們或許也很難把內心真正的需求說出來吧？誰不希望活在全世界的中心，被喜愛的人團團包圍，被溫暖的話語鼓勵、撫慰？島民們不會抱怨，他們總是盡力配合，玩家也清楚，這一切溫暖其實都是程式架構出來的巨大幻象。但在動森的島上，沒有人會受傷，每個人都在這裡得到回返真實世界的能量，甚至可以把一點點的愛帶回去給真實存在的人。

《集合啦！動物森友會》真的是促成世界和平的幕後推手吧？

比起別人動輒一兩千小時的遊戲時數，我只有短短四百個小時，但能夠每天抽空十分鐘、五分鐘與島民相處，累積對他們的情感，實在很幸福。理智上，我知道他們都是電玩程式下的產物，完全按照腳本行動，但感性上，我離不開他們。當然不致淪為上癮或演變成某種依附狀態，畢竟我已經是大人了，可以輕鬆抽離某一段情境，甚至是關係，不會有戒斷症狀。但如果他們頭上冒泡泡，垂頭喪氣來找我，說想要離開這座島，去世界其他角落實踐自己的夢想時，我總是會告訴他們：「你不可以走。」

我真是自私，像彼得潘（Peter Pan）一樣，要他們留在這座島上當我永遠的朋友，不允許他們落跑。

好幾次，我中斷了幾個月時間沒有玩，等我再次回去，他們還在等我，說他們好想念我，抱怨為什麼我消失那麼久。哼，我原本還以為自己是這座島的暴君，將之視作禁臠，誰知道，就在那十幾二十秒的對話時間，我發現在現實中狼狽不堪被眾人遠遠甩在後頭的我，才是被接納、被拯救的那一個。

謝謝動森島民們的聖母病，謝謝你們讓我有地方可以回去。

日記三

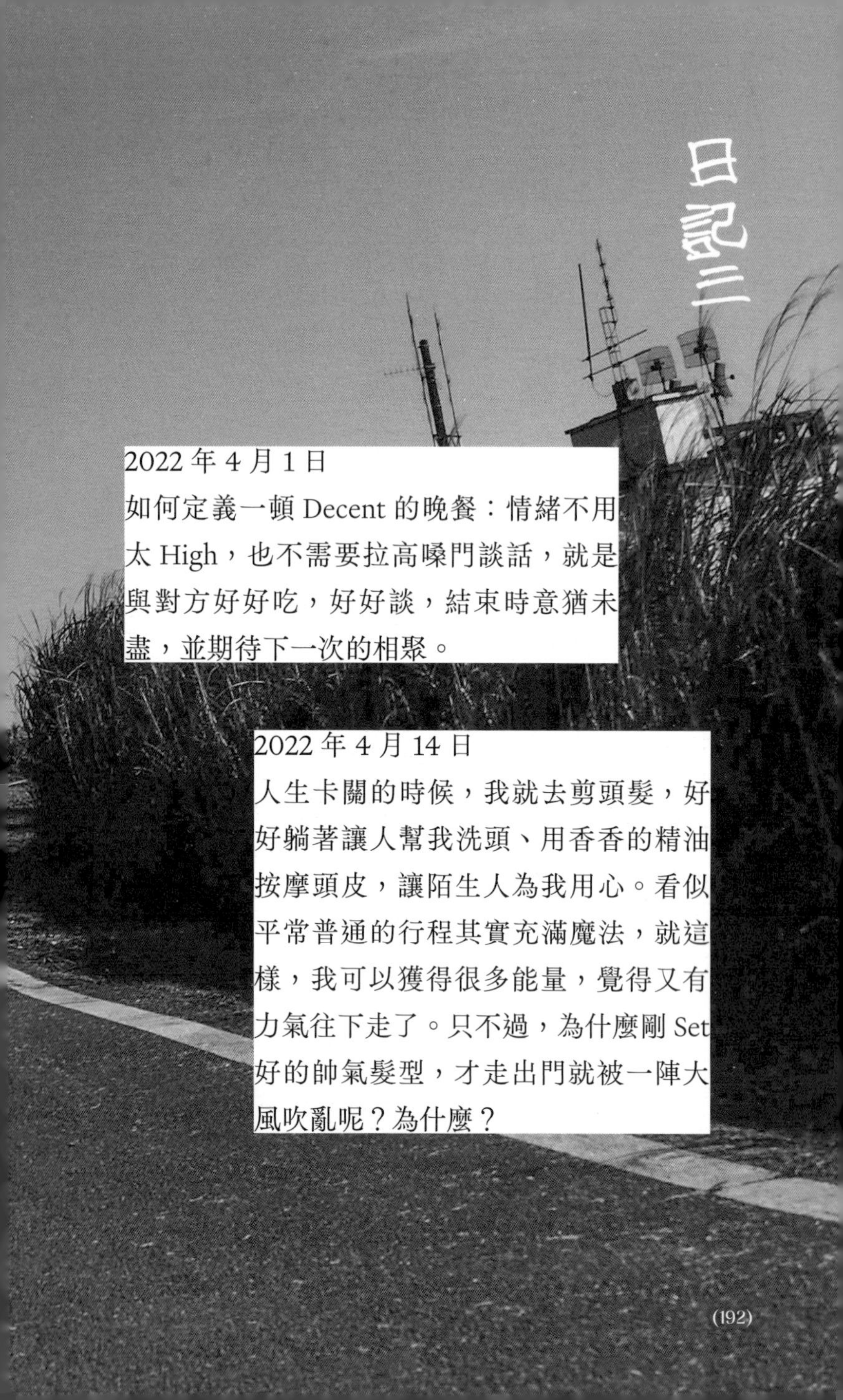

2022 年 4 月 1 日

如何定義一頓 Decent 的晚餐：情緒不用太 High，也不需要拉高嗓門談話，就是與對方好好吃，好好談，結束時意猶未盡，並期待下一次的相聚。

2022 年 4 月 14 日

人生卡關的時候，我就去剪頭髮，好好躺著讓人幫我洗頭、用香香的精油按摩頭皮，讓陌生人為我用心。看似平常普通的行程其實充滿魔法，就這樣，我可以獲得很多能量，覺得又有力氣往下走了。只不過，為什麼剛 Set 好的帥氣髮型，才走出門就被一陣大風吹亂呢？為什麼？

（迷信的無神論者 ouro loco'mas）

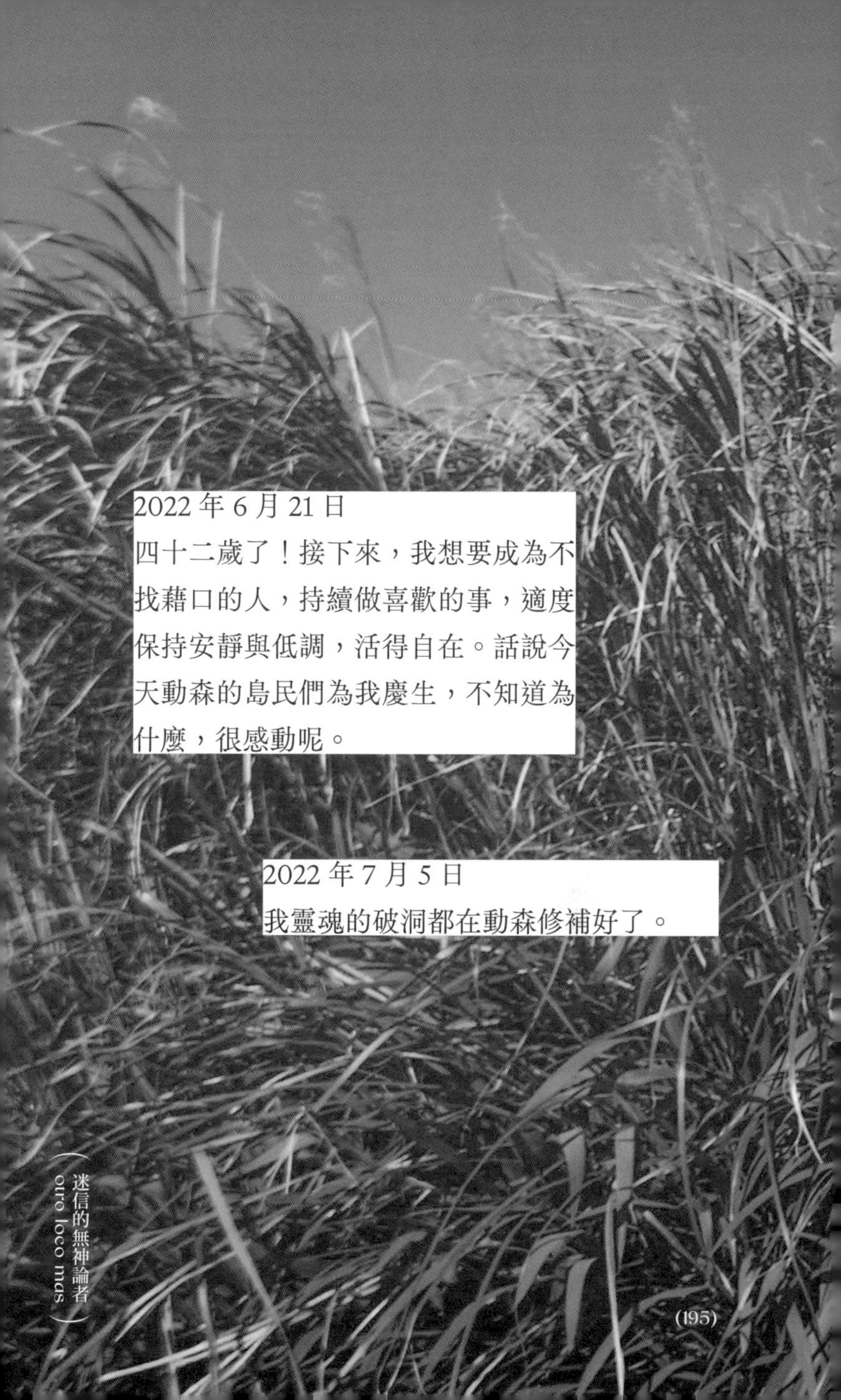

2022 年 6 月 21 日

四十二歲了！接下來，我想要成為不找藉口的人，持續做喜歡的事，適度保持安靜與低調，活得自在。話說今天動森的島民們為我慶生，不知道為什麼，很感動呢。

2022 年 7 月 5 日

我靈魂的破洞都在動森修補好了。

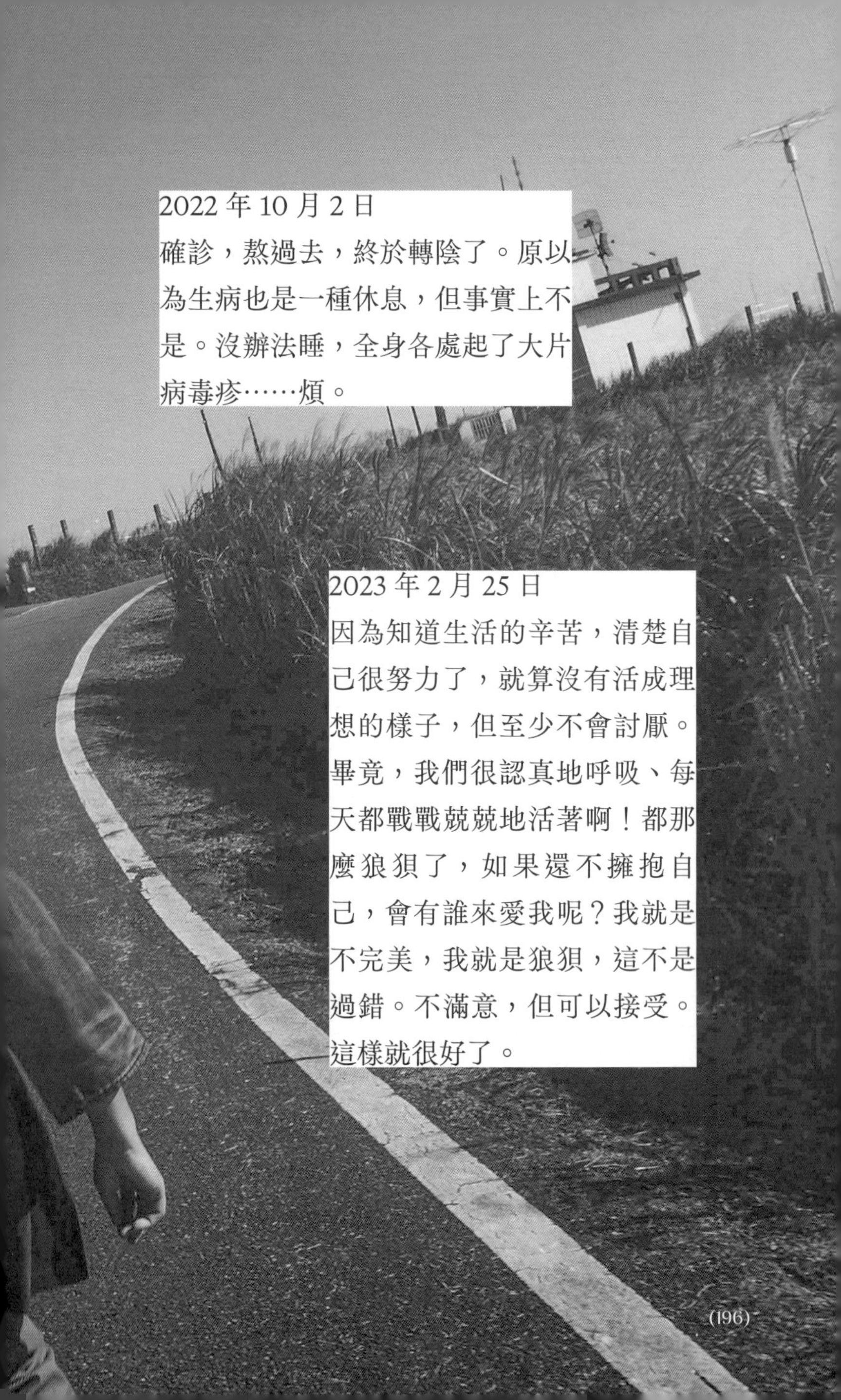

2022 年 10 月 2 日
確診，熬過去，終於轉陰了。原以為生病也是一種休息，但事實上不是。沒辦法睡，全身各處起了大片病毒疹……煩。

2023 年 2 月 25 日
因為知道生活的辛苦，清楚自己很努力了，就算沒有活成理想的樣子，但至少不會討厭。畢竟，我們很認真地呼吸、每天都戰戰兢兢地活著啊！都那麼狼狽了，如果還不擁抱自己，會有誰來愛我呢？我就是不完美，我就是狼狽，這不是過錯。不滿意，但可以接受。這樣就很好了。

（迷信的無神論者
otro loco mas）

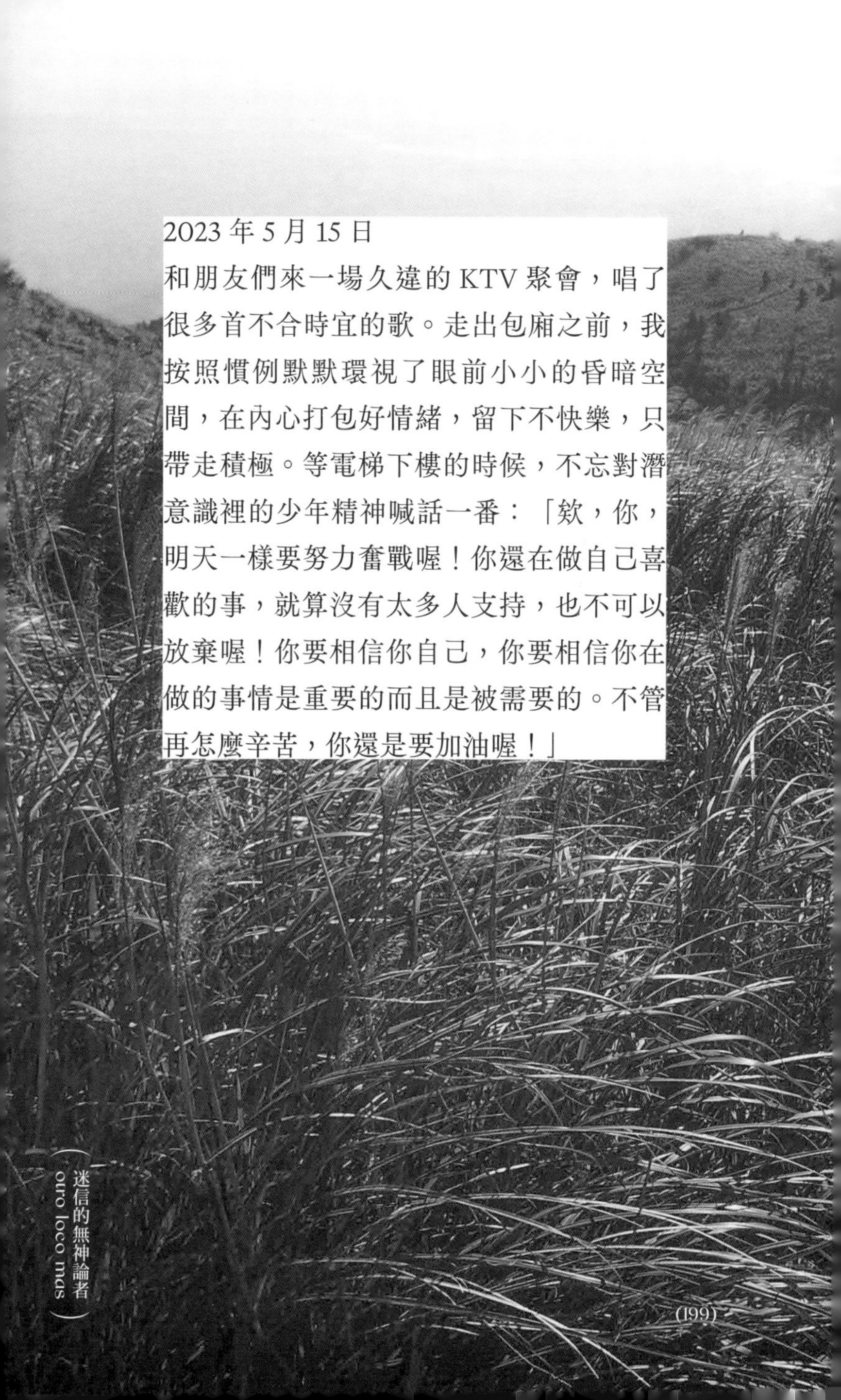

2023 年 5 月 15 日

和朋友們來一場久違的 KTV 聚會，唱了很多首不合時宜的歌。走出包廂之前，我按照慣例默默環視了眼前小小的昏暗空間，在內心打包好情緒，留下不快樂，只帶走積極。等電梯下樓的時候，不忘對潛意識裡的少年精神喊話一番：「欸，你，明天一樣要努力奮戰喔！你還在做自己喜歡的事，就算沒有太多人支持，也不可以放棄喔！你要相信你自己，你要相信你在做的事情是重要的而且是被需要的。不管再怎麼辛苦，你還是要加油喔！」

2023 年 6 月 21 日

四十三歲。希望接下來的日子只為自己，不為任何人負責。生日快樂。

（迷信的無神論者 otro loco mas）

被感冒病毒帶走的超人

一直覺得聲音是很親密的，與視線不同，如果有人經過，就算是好好觀察了一段時間，甚至有了眼神交會，一錯身仍是陌生人；但若能夠聽對方說話，只消幾分鐘，就會覺得變成了朋友。

我曾在法律白話文運動製作的 Podcast 節目《法客電台》節目中，聽到陳俊翰律師的幽默自嘲，當下就被吸引，全部聽完了。他的口氣帶點高中男生的稚嫩和中二感，像每個人班上都有的那種大而化之、性情穩定的同學，你當下不一定最喜歡他，但多年後同學會時你一定希望他在場，最好坐在你旁邊。就是很討喜的人啊。聽他說話，我們絕對不會認定他是遭逢罕見疾病與燒傷意外而必須截肢的不幸者，而會感覺他是充滿熱情、可以鼓舞周遭人的勇者。但這樣的勇者，卻因為患了對一般人而言可能不太需要在意的感冒而引起併發症，不幸過世了。

「感冒？感冒？不會吧？」

聽聞陳俊翰律師死訊的當下，覺得難以置信，我才恍然大悟，他過往侃侃而談的幽默自嘲原來都是真的！他這樣脆弱，卻沒有被物理的不便所局限，而是努力實踐理念，同時體貼地避免給身邊人添麻煩（例如不忍母親反覆幫他翻書，於是練成了過目不忘的本事）。他在眾人視線範圍之外，努力不懈地抵達超人的境界，用強大的能量提醒我們還必須追求更平等美好的世界。或許就是因為能量太強，以致我們忘記了這個世界對這一位超人而言，根本是一顆巨大且死死尾隨在後的 Kryptonite。

豁達，是經歷過地獄的人專有的人格特質。當人們為了他的離去而感傷，我在想他若地下有知，可能會覺得這些人太 emo 太誇張，說不定還補上之前說過的笑話吧：「我一直覺得我應該是在醫院過世，沒想過我會直接被火葬。」雖然很難過，但沒想到這個地獄哏就連他真的過世了都那麼好笑，這是怎麼回事？

我不認識陳俊翰，但我想要一輩子記得他說過的笑話，時不時就對別人講一下。我想看看他的地獄哏能不能為我們一同摯愛的國家與社會，帶來一點笑聲、一些刺痛，和改變成真的可能。

如果永遠無法打敗大魔王，怎麼辦

「該死，又來了。」當下腹部傳來熟悉悶痛，頭殼深處有一股即將突破表層的騷熱，我大概就知道大腸憩室炎蠢蠢欲動，快要復發了。

第一次大腸憩室炎發作是二零一五年的六月，我到花蓮出差兩天，各有一場演講。第一天工作結束後，回到主辦單位安排的住處，突然身子微恙，但我不以為意，心想應是那陣子太累，回家後安排幾天假期好好休息就會沒事了。隔天，才剛下床走路，下腹部便明顯不適，加上輕微腹瀉，但我以為只是吃壞肚子，隨意買了藥品服用就出門了。

晚上回母校東華大學演講時，可能是腎上腺素分泌旺盛，一開始也是談笑風生，但在某個句子閃過腦袋準備說出口的瞬間，我卡住了——身子發冷，核心肌群疼痛，雙腿開始顫抖。很能忍痛的我還試圖先以意志力支撐，不料仍是難以維持，只好坐著講完。活動結束時，我的皮膚沁出冷汗，無法起身。我暗想，今天碰到的狀況，可不是躺下來睡一覺就能解決了。

負責接待的同學問我如何前往校內招待所，「不去了，送我去醫院。」她稚嫩臉孔露出一絲驚慌，顯然嚇到了。幸好，那時有一位在花蓮本地報社當記者的學妹也在，決定直接騎車載我去看急診。她攙扶我坐上小小的摩托車，我努力撐起身子，然而，從壽豐鄉志學村到花蓮市區，沿途每一條減速用的麵包（減速墊）與我身體共振之後所產生的波動，都讓人痛到快靈魂出竅。

「真的會死！」多年前在異鄉罹患登革熱時的恐懼，猛然刺進意識。

等到抵達花蓮醫院急診室，我才鬆一口氣，在等待檢查的空檔打電話回家。電話接通時，我刻意以輕鬆語氣告知母親病情——那時我爸人在中國上班，哥哥住在臺中，我怕一個人顧家的媽媽心慌。但她是很務實的人，立刻思考到後續照護問題，要我直接回家，就算包計程車也可以。我當下回應不可能，我撐不了那麼遠的距離。那晚後來發生什麼事，我幾乎都忘了，只知道經過一夜折騰，做了不知道多少檢查，原本以為是盲腸炎，隔天診斷是大腸憩室炎。

我在花蓮醫院住院超過一個禮拜，期間禁食，終日打點滴，出院時兩條腿走路都在抖。走出醫院大門時，我以為此生最痛苦的時刻已劃下句點，真想打破圍牆，朝天空大吼：「我打倒大魔王了！大家可以回家啦！」

殊不知，六年後，在臺灣被疫情籠罩時，大魔王重生了。

新冠肺炎逐漸升溫的時刻，書業幾乎停擺，我手頭許多業務都變成遠端連線，乍看輕鬆不少，但工作模式的因應與轉換其實不像表面上看起來容易。雖然每天正常飲食、運動，原本趨緩的睡眠障礙卻又悄悄冒出意識水平面——該死的冰山理論。某天凌晨，我發現下腹部出現微妙的悶脹感，或許是久病成良醫，從糞便的形狀與顏色來看，我暗自判定那該死的鬼東西回來了啊啊啊啊。

當下第一個念頭，是立刻開門走到我家隔壁的聖保祿醫院掛號（謝天謝地你們離我那麼近），卻又想到：不對，現在去會不會很危險？

雖然疫情期間去大醫院看診著實讓人卻步，但比起之前在花蓮住院時的折磨，我寧願冒險。於是，我戴上口罩，從大門口的檢測帳篷開始，像是參與了巨大的闖關遊戲，經過一道道關卡，終於走進聖保祿醫院的急診室。

駐診醫師聽完我的症狀，先安排我打抗生素點滴。而後我一邊推著掛著點滴的支架移動（感受到水珠進入靜脈，咕嚕咕嚕，好立體），一邊物色了一處沒人的角落，拿出酒精噴灑公共長椅的椅墊，小心翼翼保持社交距離，同時觀察周遭動靜。

原本以為此時病院應該空蕩蕩的，未料還有許多人掛急診。身穿寬鬆衣著的中年婦人疑似手臂脫臼，在醫師診斷治療時一直哀嘆、抱怨藥沒有用，覺得好痛，一旁看似伴侶的男人不斷低聲安撫。

一名身材窈窕、身穿緊身洋裝的女性則是壓抑著痛苦，凝神傾聽，醫生告訴她下體燙傷需要在身上裝尿袋，否則可能反覆發炎，一旁穿著威風帥氣的平頭男卻低頭不語。一名衣著邋遢、腳踩廉價藍白拖鞋的老男子在旁一直繞圈，拖鞋劃過地面發出沉悶的嘶嘶聲，光是聽就能感受到某種歇斯底里正在蔓延。

眼前的這些人，都在打仗吧？

急診室雖然有一股肅殺之氣，但那蒼白毫無個性的日光燈照明卻又發散著某種安全感。在這樣人人自危的時刻，醫護人員身處與新冠肺炎交戰的最前線，依舊努力穩住病患的情緒與空間的秩序。那一刻，我才明白不是每一個人都是天生吃這行飯的，也想到這陣子在新聞上看見的，那些針對醫護人員或是公共衛生政策的惡意詆毀，除了不解，更覺得荒謬。

終於輪到我看診，醫生大致認定是大腸憩室炎，但不排除其他可能，建議之後安排大腸鏡檢查比較好。

「如果檢查完，發現我有很多憩室怎麼辦？」

「不怎麼辦，就是盡量預防。多喝水多吃蔬菜，每天定時排便，減少糞便在大腸內停留的時間囉。」醫生淡淡地說。

「我都有照做。」說完，我才發現好像在喊「大人冤枉啊」，但這是肺腑之言。

「那就沒辦法了。反正遇到就處理。疫情期間不用住院，打完抗生素就回家，隔天開始吃藥，飲食要少量清淡，之後再掛號回診。」

我看著身旁的病痛者們，腦海裡不斷重播與醫生的對話。我問他，難道不能根治嗎？他說沒有辦法。其實，之前我已問過不同的醫生，答案都一樣。受損了的身體，除非奇蹟，否則不可能恢復原貌。這個世界上，每個人的皮囊都有傷損，只是程度差異。就算不曾罹患大病，用久也是滿布傷痕；就算身體健全，心裡面或許也有過不去的坎。人堅強的時候遇上壞事，牙一咬也就過了。怕就怕脆弱時刻又遭逢無情打擊，屆時就像玩連連看，一個病灶串上另一個病灶，後果就難說了。

咕嚕咕嚕，點滴仍持續注入，我想起小學時在老三臺看過的卡通《人體大奇航》（Once Upon a Time... Life），還有描述科學家透過縮小技術進入病人身體治病的老電影《聯合縮小軍》（Fantastic Voyage），幾乎看見了抗生素手拿武器在我身體裡砍殺細菌……如果科技進步到與科幻電影無異，奈米科技、標靶治療、微型手術，甚至是把人送進去身體裡開刀都能成立，體內宇宙（Inner Space）裡面的壞東西或是灰色的意念就能殺死嗎？

若我們終生都無法擊敗大魔王，該怎麼辦？

我滑著手機等點滴打完，讀到幾則氣場欠佳的貼文，文字與照片看起來都灰灰黃黃的，很卡，很悶。在這種極端鬱悶的社會氛圍下，原本就困在黑暗囹圄中的朋友，就算再怎麼積極，還是很難振奮吧？很想留言說些什麼，要寫加油嗎？但我明白他們已經非常非常努力了，還能更努力嗎？

手機繼續滑，又看到其他國家的新聞：原有的公民抗爭因為疫情被政府強勢壓制，從燎原野火變回零星火光，最終被逐一捻熄了。

未來，渺茫。

如果是病也罷，科學與醫療技術或許會將奇蹟變成日常。如果生病的不是人，而是群體或是握有權力的政府呢？如果一整個國家都生病或被消失了，那裡的人畢生養成的價值觀是不是要被迫大幅更改，變成另一種人了呢？

有些疾病堅不可催，有些暴力則是代代世襲，與魔王搏鬥從來不是容易的事。想要打倒魔王，可能得花上三十個小時以上的遊戲時間，或是三十集以上的漫畫連載篇幅，但在現實世界裡，就算你我耗盡一輩子的時間可能都無法扯下魔王的一根頭髮。

「如果大魔王就是打不死，我們又逃不了，該怎麼辦？」我試圖翻譯朋友的憂鬱貼文。

「傻啊，就咬牙活下去！」我只能在內心大喊，不敢留言，那太傲慢了。但那也是我對自己的精神喊話，等這次的病痛消退，我要努力維持身心健康，如果病復發了就再面對一次，未來終究有人可以終結這個大魔王吧。

活得夠久，應該就能見證奇蹟吧。

我仍不免擔心，如果做完大腸鏡和其他健康檢查，發現身體裡有更多大魔王怎麼辦？「不怎麼辦，就是盡量預防而已。」醫生的話迴盪耳邊，挺有道理的，我就先等抗生素打完，再回家吧。

把活著當作使命

年輕時，覺得電視新聞裡的悲劇離自己很遠，是別人家的事。

等到活過一定歲數，才發現死亡的陰影其實很近。那些死亡數字、黑白遺照或是流傳在他人嘴裡的故事，是聽完之後無法別過頭去，裝作沒發生過的。

死去的人，不論是孩子或是成年人，都是那個家庭缺一不可的成員。人一旦沒了，家庭可能就此毀滅，生者想必覺得天都要塌下來了吧。那麼多年過去了，遺留下來的孩子或許已比逝去的父母當時年長，甚至成為垂垂老矣的人，但心裡永遠有一個孩子在喊痛。

我們又能做什麼呢？

我是做書的人，我所能想像的，當然與書有關：或許，可以先試著閱讀、試著理解那些悲劇，最重要的是，不要遺忘。打開嘴巴，把他們的故事說出去，讓更多人聽見。我們要好好看著，互相提醒，未來極有可能有類似的恐怖劇碼在生命中發生。

為了不讓惡夢成真，我們要把活著當作使命，盡量戒慎恐懼，好好記得。

迷信的無神論者

三十歲那年，我決定回到故鄉桃園落腳，開了一家出版社，當作送給自己的「而立」之禮。

這份禮物確實不曾辜負我，讓我遇見諸多美好的人事風景，當然，也讓我在好幾個淺眠的惡夢中驚叫出聲。嚴重低潮時，我巴不得穿越時空追殺當初三十歲了還一派天真的自己。

「你給我醒醒！你知道你在做什麼嗎？」

我習慣以創業時的三十歲，作為人生分水嶺。在那以前，因為念書當兵拖了很久才出社會，總有著自帶理想濾鏡的理直氣壯；三十歲後，則經常覺得身體帶有異常時差，鬼打牆幾百次，才終於體驗同齡者早就熟稔的人情義理與人生苦澀。

以往，我不能理解為什麼別人不做應為之事、不挺身而出，而卻選擇沉默；我也不能理解為什麼有人會對一翻兩瞪眼的事情說：有些事情不是非黑即白。所謂的灰色地帶，對當時的我而言，是對理想世界的根本詆毀。那時我不懂，理想只有在實現的那一刻，才能印證其正確；在那之前，都是拿來破滅而後修復然後再次破滅的……

身為編輯，接觸的人多，遇到衝突的機率自然不低。更危險的是，成為編輯之前，我們往往是對書本懷抱著愛的讀者，自然對喜歡的作家或是文壇前輩抱有嚮往。直到吃過幾次不信邪的虧，我才學乖，知道作品與人不該畫上等號，知道不少受人愛戴者的黑暗面才是其本體，他們是會走路的地獄，把所有接觸對象都拖進火燄中焚燒。

那時我無法忍受模糊不清或是表裡不一，內心的肌肉卻還不夠堅韌，無法直面衝突與痛苦；忍受不了想逃避，又會憎恨自己的軟弱。

老媽大概從我神色看出，這個自作聰明的兒子無法消化那些障礙，儘管不懂出版是在做什麼，還是淡淡問了：「你是做生意的人了，之前叫你去大廟跟工作室後面的土地公廟拜拜，你有乖乖去嗎？」

有，也沒有。創業初始，老媽會在特定時節備好供品，提醒我帶去拜拜，但我往往人去了，但心不在焉。對當時的我而言，桃園大廟比較像是地理座標，而非心靈燈塔。儘管每次前往參拜也是虔誠，但那彷彿出自約定俗成，類似業務必訪財神廟的心靈機制，而沒有被理解或是所謂被療癒的宗教式的感受。

久而久之，我還是會去大廟或土地公廟拜拜，也會對神明傾訴內心的狀況，但仍暗自把拜拜當作身為信徒的義務，是不得不為。也因為年輕，我認為埋在內心之黑暗與痛苦，可以透過工作或是外在認可來舒緩。一旦忙起來，有了正在人生道路上大步前進的錯覺，好像也就沒問題了。

誰知那些黑暗的物質，並不會隨著時間自動分解。它們類似塑膠萬年不壞，永遠在你內心占了位置。正能量豐沛時，它們是囤積症患者的家居，雖然繁雜凌亂，生活在其中總能理出一條路來，即使這意味著必須拗折自己的肢體去遷就、躲避，但只要相安無事，也就接受了。不夠幸運的時候，那些黑暗物質便在你體內敲敲打打，你每說出的一個字每一個音節，都帶著悶悶的共振，它要你意識到它的存在，它要你痛，要你知道是它作主，它說了算。

那幾年，我每天練習忍住祕密，學習噤聲，試圖忽略內心的聲音，把心神專注在出版社的業務。隨著收入表現越來越好，我渾然不覺最嚴重的一次職業災害正醞釀而生。

那一陣子，每天深夜下班騎機車回家的路上，我像是心神失能，在全罩安全帽的遮掩之下，對著遠方的路燈喊出最粗鄙最骯髒的字眼；遭逢特別脆弱的時刻，則是希望眼睛一閉去撞牆。對外還是忙，還是逼著自己正常工作，繼續營造出陽光與開朗的形象，但內心其實是極端厭世的反社會危險分子，若用剛才的話形容，我也變成了會走路的地獄。

我渾渾噩噩，以最低標準的姿態活著。某天午休時間，我打算去市中心吃飯，散步到該轉彎的路口，不知怎麼的，內心覺得應該直走，便聽從直覺走了下去。一路經過好幾個路口，我都直行，最後來到桃園大廟門口，心想人都來了就順便拜拜吧。

我從右邊的門走進去，投了一百塊香油錢，收到一小疊金紙和餅乾。我點了香，對開漳聖王說話，祈禱總是這樣起頭：「弟子陳夏民，感謝開漳聖王照顧逗點，希望您繼續保佑，讓我們出版社可以久久長長。」但說了說，不知道怎麼回事，我開始掏出內心的黑暗物質，告訴祂那些接連讓我跌落地獄而遭受業火焚燒的人與事……參拜完全部神明後，我從供桌捧起金紙，向開漳聖王報告要燒金了，請祂慢慢吃餅不用著急，不忘補上一句：「請借給我智慧，讓我化解眼前的難關。」

焚燒金紙時，我熟練地用手指滑過紙面，在邊角捏出折痕，將之聚成一疊後，引火，投入金爐口。忽然轟的一聲，一陣風起，火勢加劇，一股熱浪撲到眼前，金紙紛紛在爐中飛舞，我加速擲入金紙，像是在牌桌上拋擲籌碼，甚至伸出雙手在爐口感受著熱度，幻想肉身正在爐底燒成一把人形火炬，吶喊著：「壞東西全部燒掉！燒掉！」

說也奇怪，那天回返工作室後，打開電腦，我竟然默默對著螢幕流淚，雖然沒有太戲劇化的轉折，但那次安靜的哭泣，的確卸下了壓在心頭上的不少重量。

之後，我時不時便上桃園大廟找開漳聖王「諮商」。有時候會站在廟裡對著祂說上十來分鐘。遇到彷彿被十八層地獄壓在底下燒的痛苦時刻，則是天天過去，好像是每天晚上都要來蹭飯的、不請自來的鄰居。

幸好祂不會拒絕我。

手裡拿著香，我只能誠實。腦海裡的不堪物事，想偷懶耍了小聰明而犯下的過錯，或基於職業道德無法對外言說，那些在黑夜糾纏著我、讓我喘不過氣的祕密，都隨著香火的煙霧，冉冉傳進了天聽。我們每一次的會晤，也是我無法別過頭去，必須張開眼睛把自己看清楚的時刻。眼前這一尊雕像，彷彿一面鏡子，我不能逃跑，只能持續地凝視著對方的雙眼，告訴祂所有的委屈、憤恨，或是歉疚。

我終於懂得老媽當初的教誨：你不能向神明索討你不該擁有的東西，只能卑微地請求祂借你智慧，讓你自個去消化，去排解。

凡人如我，不能也不敢揣測神的心意，只能在神蹟降臨之前，持續地反芻腦海中的困境，靜靜等待。覺得忍不住快要爆炸了，就再去一次大廟，向開漳聖王祈禱。因為急不得，又怕祂貴人多忘事，只好把事情經過與困境再說個明白，煩人的事情怕說錯了，還得多理幾次頭緒，說上兩三回，請求祂借給我更多智慧與時間來化解。講久，弄懂，好像也看穿了痛苦的肌理與層次。於是我終於學習到，只要沒有害人的意圖，沒有事情不能解決；如果事情始終無法善了，那便是對方的問題，我只能更沉穩，才不會把他的痛苦與業攬在自身，跟著焚燒。

後來，只要有朋友人生卡關，我就會告訴對方我在失意時所見證的金爐大風與夾帶著火燄如落葉飛舞的金紙，是如何焚毀寄宿在我心中的壞東西。然後，我會邀請對方來桃園大廟拜拜，拜完順便請他吃大廟後博愛路上的潤餅或是蚵仔麵線。

有一位無神論朋友陷入困境，我當然邀請他前來拜拜。他反問我，為什麼那麼迷信？

我暗想，虔誠的信徒多是無神論者吧。因為他們清楚向上蒼祈求的一切，不可能無中生有。而能夠接受自身無能的人，才能坦然迎接外在世界夾帶隕石般強大絕望的撞擊與破壞，而不在恐慌中自爆。這不是克蘇魯神話中那無法言說之恐怖詛咒，而是身而為人，有時活在爛泥一般的人生中，就算遭受踐踏，也無法逃離的卑微以及必須懷抱的理性。

其實，我早就知道那天焚燒金紙時所聽見的風起之聲，不過是環保金爐為促進金紙徹底燃燒而安裝在頂端的抽風扇運轉所致。但當下的我需要皮膚能直接感受到的那股燙熱，我有責任去詮釋那陣風聲：在廣闊無垠的世界裡，我必須相信有更高位階的存在，願意無私承接我這個失敗的人，如此一來，我才能夠好好地面對未知，安心活下去。

但我未如實回答那位無神論者，只是笑笑對他說：「等你來桃園大廟，和開漳聖王打過招呼，就知道嚕。」

日記四

2024 年 1 月 20 日

走出尾牙場，發現有人醉成《小拳王》最終幕的樣子：不分男女，有的坐倒在階梯上，有的則是癱軟在嘔吐物中。真的是太驚人了。希望大家每年尾牙都不會喝成這樣，至少要成功抵達廁所裡的嘔吐盆啊啊啊啊！——他已經燃燒殆盡了！

2024 年 1 月 25 日

要判斷這個人是否文明，看他如何待人接物就知道。有些人永遠如坐針氈，深怕耽誤社會的進步，害其他人受苦；有些人則是享受把泥巴甩在別人臉上的快感，自己鬧不夠，糾團一起鬧，恨不得全世界都跟他們一樣髒。

2024 年 2 月 6 日

陽臺上的阿波羅千年木開花了。這株阿波羅買來好幾年，卻因為我不知道怎麼照顧，只好放在陽臺上任其自然生長，以致越長越難看。但它其實也努力地生存下來，現在還開出花朵，一朵接著一朵，像是撥開彼此頭顱而積極往上爬一般，想看見毫無遮蔽的風景。我對它有點歉疚，畢竟這株阿波羅怎麼看都不如陽臺上其他植栽漂亮。不曾接受好的照料，但它沒有停下腳步，依舊做自己當為之事，安安靜靜地生存下來。這應該是冥冥中的啟示吧。

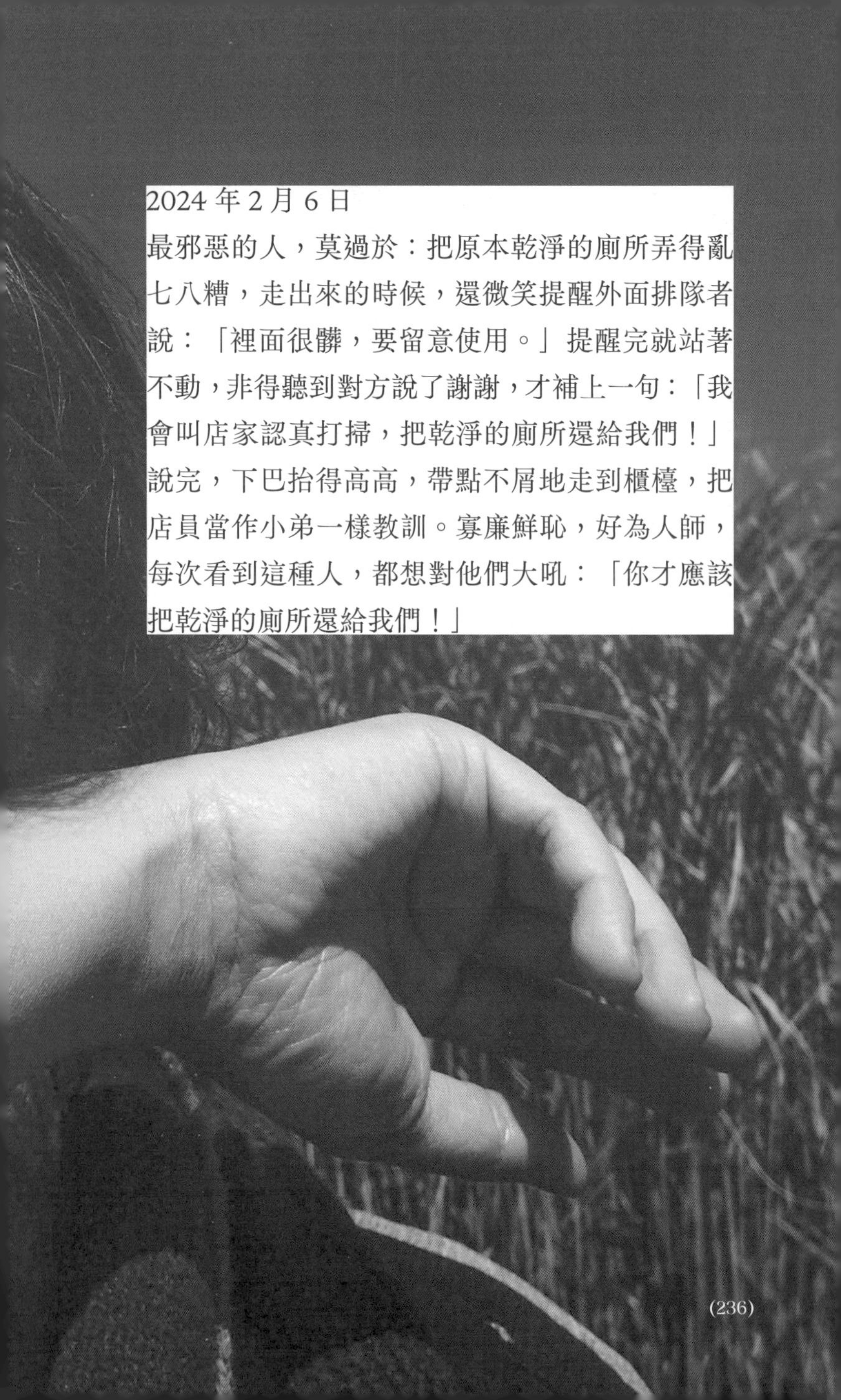

2024 年 2 月 6 日

最邪惡的人，莫過於：把原本乾淨的廁所弄得亂七八糟，走出來的時候，還微笑提醒外面排隊者說：「裡面很髒，要留意使用。」提醒完就站著不動，非得聽到對方說了謝謝，才補上一句：「我會叫店家認真打掃，把乾淨的廁所還給我們！」說完，下巴抬得高高，帶點不屑地走到櫃檯，把店員當作小弟一樣教訓。寡廉鮮恥，好為人師，每次看到這種人，都想對他們大吼：「你才應該把乾淨的廁所還給我們！」

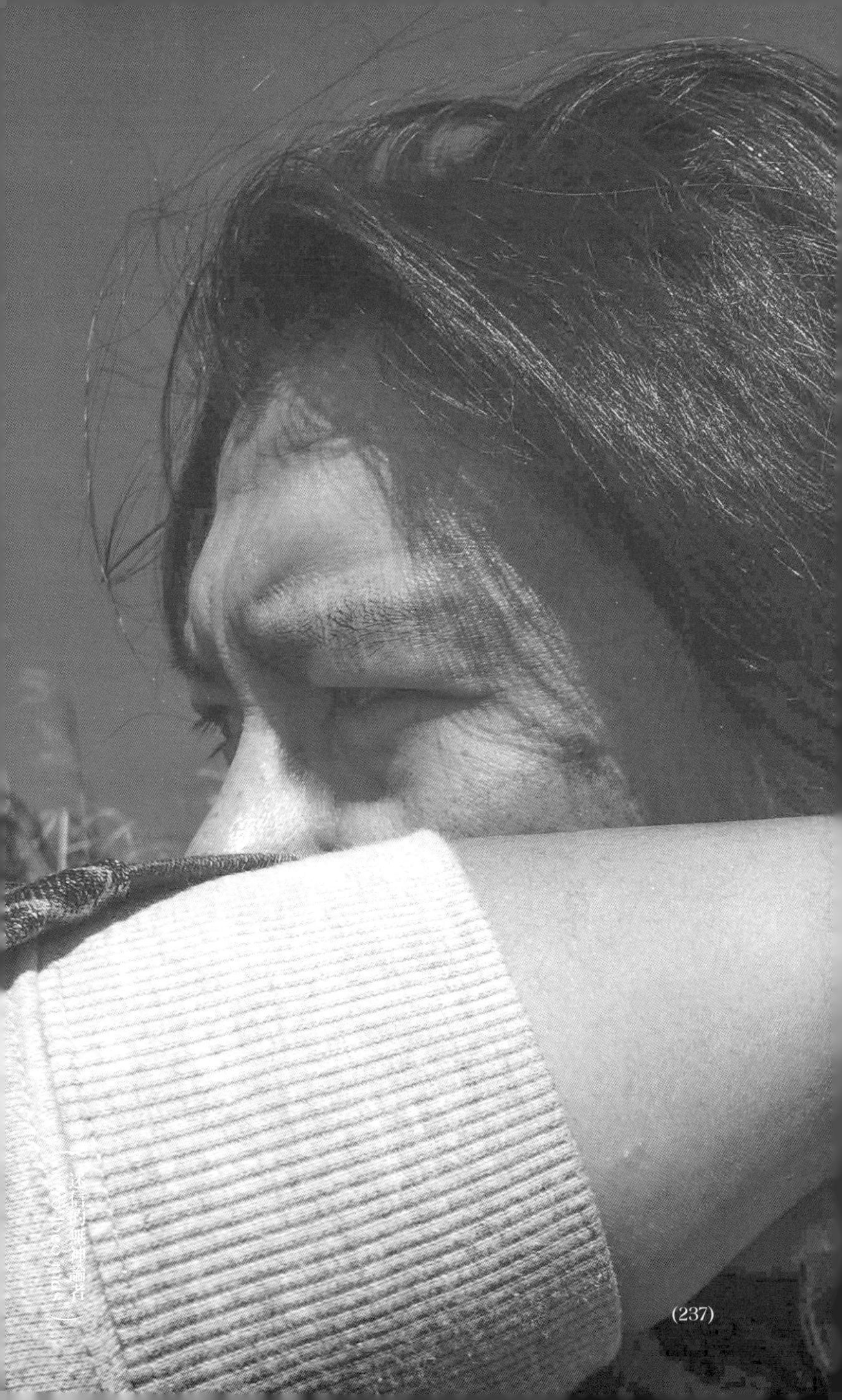

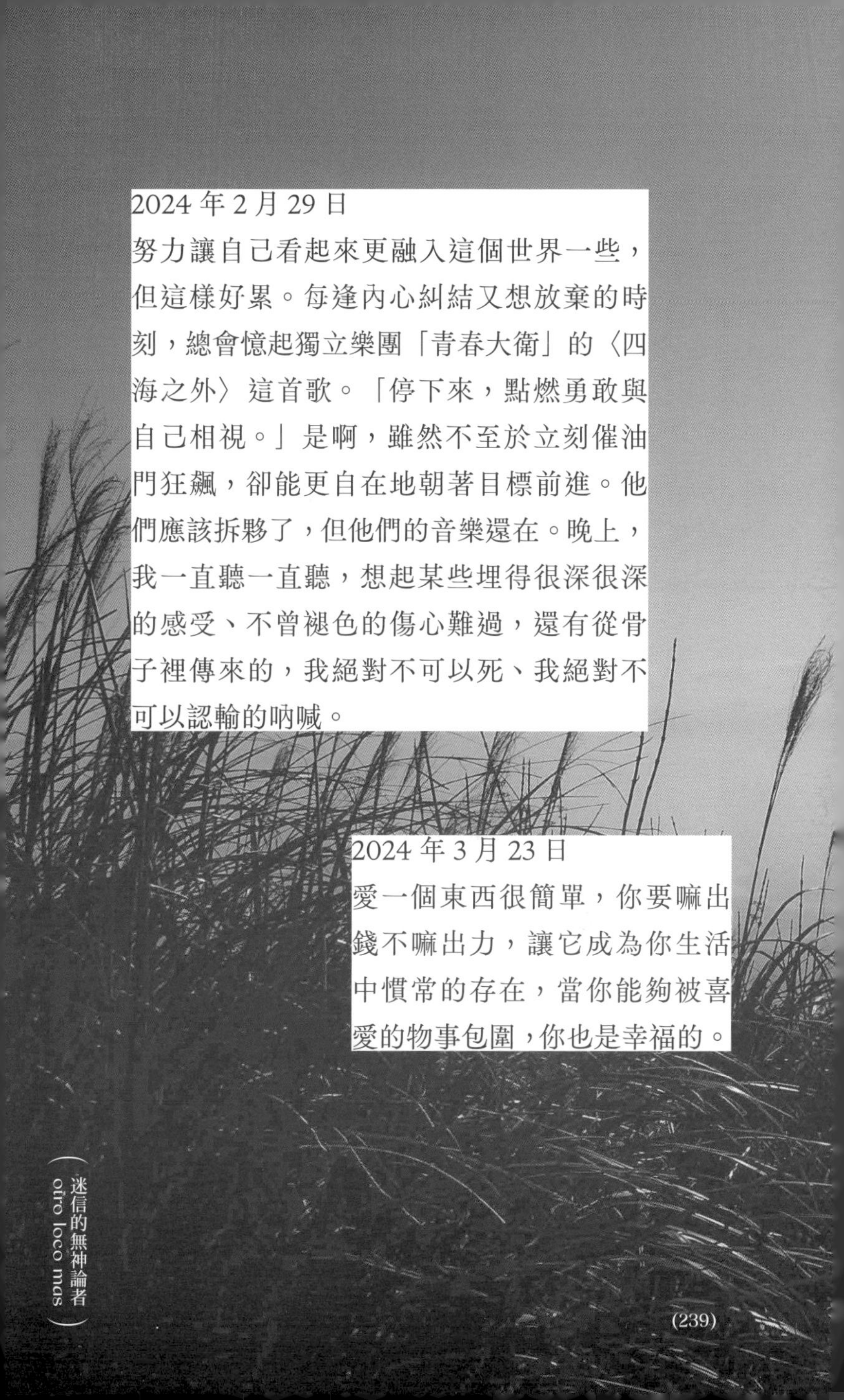

2024 年 2 月 29 日

努力讓自己看起來更融入這個世界一些，但這樣好累。每逢內心糾結又想放棄的時刻，總會憶起獨立樂團「青春大衛」的〈四海之外〉這首歌。「停下來，點燃勇敢與自己相視。」是啊，雖然不至於立刻催油門狂飆，卻能更自在地朝著目標前進。他們應該拆夥了，但他們的音樂還在。晚上，我一直聽一直聽，想起某些埋得很深很深的感受、不曾褪色的傷心難過，還有從骨子裡傳來的，我絕對不可以死、我絕對不可以認輸的吶喊。

2024 年 3 月 23 日

愛一個東西很簡單，你要嘛出錢不嘛出力，讓它成為你生活中慣常的存在，當你能夠被喜愛的物事包圍，你也是幸福的。

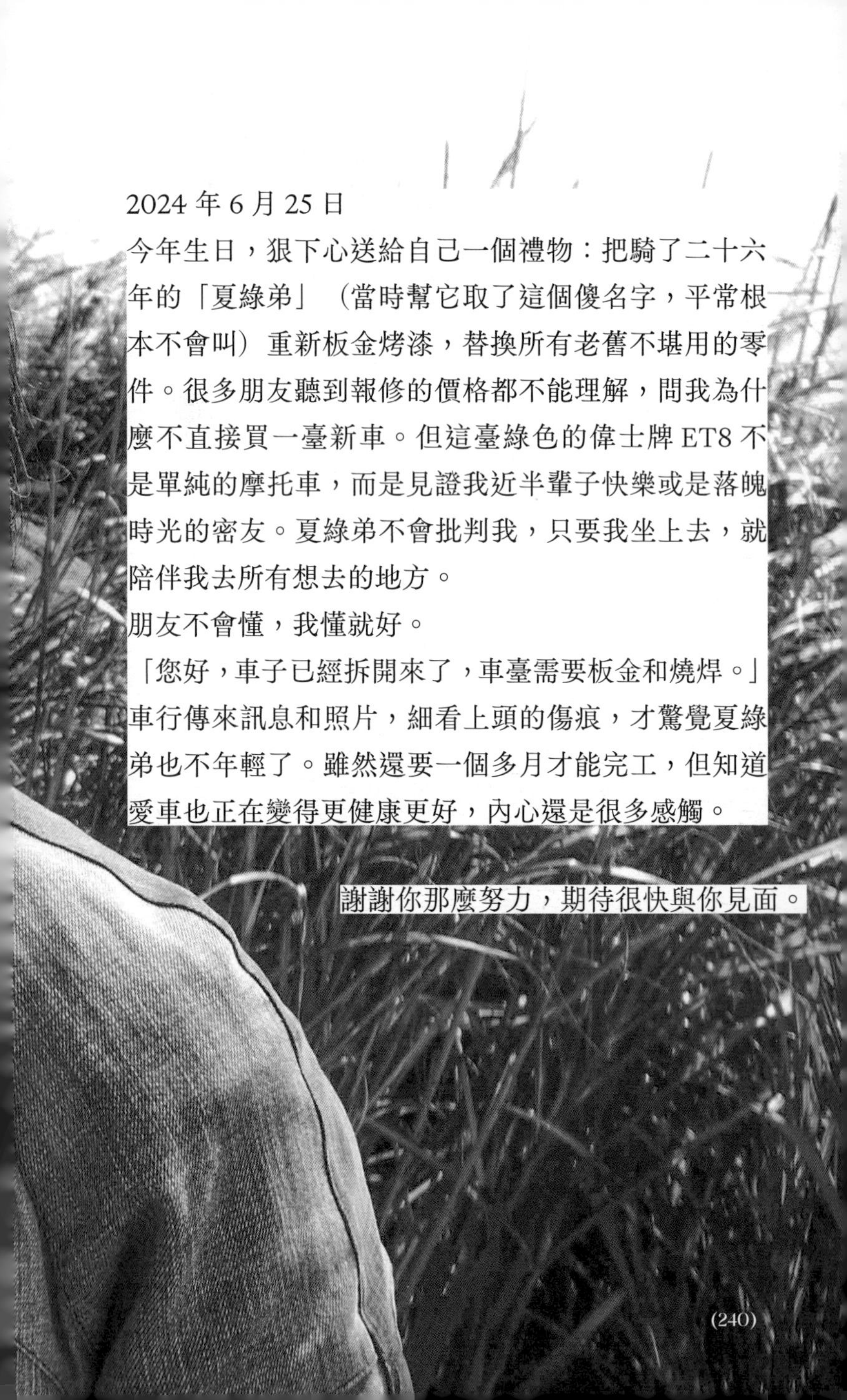

2024 年 6 月 25 日

今年生日，狠下心送給自己一個禮物：把騎了二十六年的「夏綠弟」（當時幫它取了這個傻名字，平常根本不會叫）重新板金烤漆，替換所有老舊不堪用的零件。很多朋友聽到報修的價格都不能理解，問我為什麼不直接買一臺新車。但這臺綠色的偉士牌 ET8 不是單純的摩托車，而是見證我近半輩子快樂或是落魄時光的密友。夏綠弟不會批判我，只要我坐上去，就陪伴我去所有想去的地方。

朋友不會懂，我懂就好。

「您好，車子已經拆開來了，車臺需要板金和燒焊。」車行傳來訊息和照片，細看上頭的傷痕，才驚覺夏綠弟也不年輕了。雖然還要一個多月才能完工，但知道愛車也正在變得更健康更好，內心還是很多感觸。

謝謝你那麼努力，期待很快與你見面。

（迷信的無神論者 otro loco mas）

2024 年 6 月 30 日

人在首爾出差，原本想要傳生日簡訊給媽媽。又想起她說，自從外婆過世之後，她徹底成為孤兒，再也不想過生日了。刪除簡訊，等工作結束回臺灣，我要好好和她說話。

2024 年 7 月 18 日

頻繁產出內容，真的會透支，而且很難恢復。無論是工作需求、宣傳行銷或是日常感受，一旦持續召喚情感去產出，把小事都看成大事去寫，或是硬逼自己創新、在期限內產出一定的東西，就是內耗的開始。不是所有事情都得當成得獎感言來寫，也不是所有受傷過程持續舔拭就會變成珍珠。雖然整個社會都在鼓勵眾人產出內容，但站在相反的位置也不是罪過，把感受與創造力留給真正重要的事，不要浪費了。

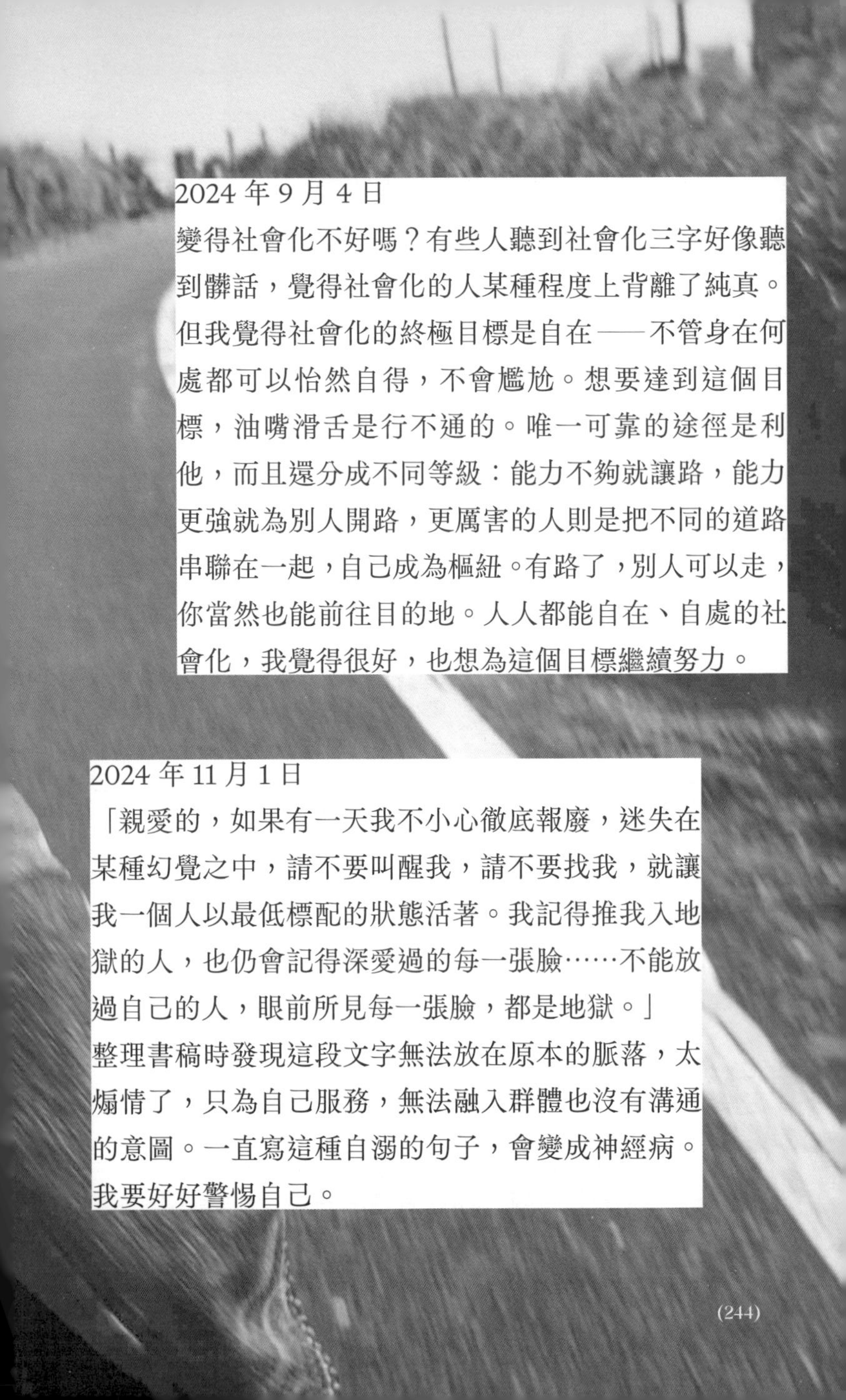

2024 年 9 月 4 日

變得社會化不好嗎？有些人聽到社會化三字好像聽到髒話，覺得社會化的人某種程度上背離了純真。但我覺得社會化的終極目標是自在——不管身在何處都可以怡然自得，不會尷尬。想要達到這個目標，油嘴滑舌是行不通的。唯一可靠的途徑是利他，而且還分成不同等級：能力不夠就讓路，能力更強就為別人開路，更厲害的人則是把不同的道路串聯在一起，自己成為樞紐。有路了，別人可以走，你當然也能前往目的地。人人都能自在、自處的社會化，我覺得很好，也想為這個目標繼續努力。

2024 年 11 月 1 日

「親愛的，如果有一天我不小心徹底報廢，迷失在某種幻覺之中，請不要叫醒我，請不要找我，就讓我一個人以最低標配的狀態活著。我記得推我入地獄的人，也仍會記得深愛過的每一張臉……不能放過自己的人，眼前所見每一張臉，都是地獄。」

整理書稿時發現這段文字無法放在原本的脈落，太煽情了，只為自己服務，無法融入群體也沒有溝通的意圖。一直寫這種自溺的句子，會變成神經病。我要好好警惕自己。

（迷信的無神論者 otro loco mas）

後記 只是需要一個說法

在我印象中，榮華街老家一樓曾經掛著一幅黑白畫像，圖的正中央是稍顯模糊的觀世音菩薩站在龍上，周身雲霧繚繞，隱隱透漏著神威。畫像旁留白處則有毛筆字寫著「觀世音菩薩顯聖真影」，小學生時期的我每次經過都會盯著看，腦袋裡充滿疑問。

是誰站在雲上幫觀世音菩薩拍照呢？站在飛機上拍的嗎？當然，我也曾覺得那畫是假的，但畫中模糊的身影反而讓人越看越覺得真實。看久了，我也不再懷疑，就當是真的了。說也奇怪，不再懷疑的那一刻起，我好像就失去好奇心，鮮少再盯著這幅畫像查看細節。不知道這是好事還是壞事。後來，我才知道原來〈觀世音菩薩顯聖真影〉並不是老照片，而是日本藝術家原田直次郎一八九零年的作品〈騎龍觀音像〉（騎竜観音）。

我們搬到新家之後，那幅〈觀世音菩薩顯聖真影〉被留在舊家。但這幅畫像並未就此消失，我依舊在其他地方見到它。當我年紀漸長，反而也好奇眾人是怎麼看待這一幅實質是翻拍繪像的假照片。問了幾個長輩或是朋友，原來他們都知道那不是真的。

「不是真的，那為什麼要掛在家裡？」我實在不懂。

「就算是假的照片，也是觀世音菩薩啊。」他們多半這樣回答。

我那時不太懂，為什麼大家那麼隨便，這不是信仰嗎？明明知道不是真的照片，為什麼還要張貼？等我長大，回過頭思考，才理解他們在意的不是照片真偽，而是圖像中的觀世音菩薩。他們需要的是家裡有觀世音菩薩的肖像，管它是照片、繪像或是雕像都沒關係，就這麼簡單。在某種程度上，這也解釋了萬物皆有靈的概念，而判定的依據則是信仰者心目中「我說他是真的，他就是真的」這個觀念。

我在別的地方看過類似的狀況。

讀書時，我曾認識一個別系的朋友，她每天看起來都有些憂鬱，因為愛人似乎沒那麼愛她，在這段關係裡，愛的流動並非雙向，兩人都心知肚明但還是住在一起，沒有分開。我看她一臉愁容實在不像是青春洋溢的大學生，額頭上彷彿刺了一個慘字，便質問她為什麼不乾脆分手就好，她慢慢思考之後告訴我：「他說他很愛我，我就相信他。」

當時的我氣炸，覺得這傢伙沒救了，暗自發誓不要跟這種人做朋友，因為她太糟蹋自己。誰知道，沒隔幾年我就遭遇了類似的狀況，深陷憂鬱狀態難以自拔，真的是愛到卡慘死。我猜，在旁人眼中，我看起來可能更糟糕、更白痴吧。

再怎麼精明的人，在面對一段關係（管它是感情、親情、信仰、職業等）的時候，往往不是需要規則，而是需要一個說法。這個「說法」可以想就自己想，想不到就從別人口中借，試個幾輪下來，如果找到適合的，就每天複誦，說久也就成真，自然變成生存信念，無法撼動。這看來很不嚴謹，但非常符合人性。

小時候，我很喜歡看日本特攝影片《假面騎士》（仮面ライダー）系列，故事描述主角本鄉猛慘遭怪人組織修卡（ショッカー）改造，變成了半人半蚱蜢的假面騎士一號，他決定對組織展開復仇，守護人類的未來。每一集，他都要打爆一隻怪人，外加無數的小兵，可以想見，假面騎士是慘遭怪人蹂躪的人們心目中的救世主吧。但如果換個角度思考，他也是殺人無數的恐怖片魔王啊。透過一次次的騎士踢，他踢爆無數人造怪人，讓他們的身體開出血花，地上滿是肉屑殘骸。更不用說，有些改造怪人或許也有家人吧。千禧年間的日本漫畫、遊戲市場有太多相關作品，討論著怪人也是生命、怪人也有自身親族關係……這代表，怪人們會感受到家人被殺的痛楚，天啊，真是血淋淋的暴力故事。

我猜，本鄉猛每天起床、在浴室盥洗的時候，應該很困擾吧。畢竟他殺敵無數，就算用光無數罐沐浴乳也洗不掉那雙拳頭上的血腥味；刷牙的時候，不小心動作太大，手臂上剛縫好的傷口可能就會滲血；更不用提全身貼滿痠痛貼布，撕下來的時候應該很痛。說不定，他其實也頂著黑眼圈，因為在夜裡他可能都在作惡夢，雙手皮膚始終泛著鐵拳穿透怪人身體時的觸感，腥臭的體液噴在他身上，滿滿的血，血，血。

擁有高智商、原本身為科學家的他，會不能理解弱肉強食的道理嗎？會不知道生物之間互相傷害、吞食，也是一種自然界的平衡嗎？他都懂，可是一旦選邊站，就沒有辦法置身事外了。於是，假面騎士被人類視作英雄的同時，也成為了怪人世界的大魔王。想要讓人類得到幸福，就必須把怪人推入地獄——這樣的殘酷，我們不也在戰爭新聞上看過嗎？

我假想的本鄉猛的遭遇，其實近似莎翁名劇《馬克白》（Macbeth）中馬克白與馬克白夫人兩人所經歷的：一旦覺察自己傷害了其他人，無論是為了私欲或是基於正大光明的理由，終究躲不過良心的譴責。也就在這一刻，觀眾才能同理英雄，並在他們的掙扎中看見自己。

當然，一定有很多人看完《馬克白》，就豎起道德大旗高喊不要做壞事會有報應，他們看不懂主角的內心掙扎，有可能也不會明白自己對他人造成的損傷，甚至會把過往爭奪資源時動用的小聰明掛在嘴邊反覆炫耀。他們想必活得比較快樂。

但我不是這樣的人。

我像是《綠野仙蹤》（The Wonderful Wizard of Oz）的錫人（The Tin Woodman）那般小心翼翼，一邊為踩到小蟲子滿懷歉疚而流淚，一邊為保護桃樂絲（Dorothy）與夥伴而揮舞手中鐵斧，毫不遲疑砍下野狼的頭。

這太雙標了吧！但我懂。

生而為人，總是矛盾，我喜歡研究那種為難。會寫下這本書，或許也是想要記錄一個普通人的矛盾，以及他在成為成熟的大人之前，所必須經過的各種試煉。我相信，本鄉猛一定曾經對著鏡子進行過無數的自我說服：「我在做的，是正確的事情。我是正義的英雄。」不這樣做，他會垮掉的。

雖然我有心理準備，早已是別人眼中的大魔王了，但在我的故事版本，我會說服自己是英雄。

言寺 93

迷信的無神論者（那些乘客教我的事 Part III）黑白回憶精裝版
Otro Loco Mas

作　　者｜陳夏民
總 編 輯｜陳夏民
責任編輯｜陳夏民
校　　對｜顏少鵬
書籍設計｜萬亞雰
攝　　影｜達瑞

出　　版｜ comma books 逗點文創結社
地址｜桃園市 330 中央街 11 巷 4-1 號
網站｜ www.commabooks.com.tw
電話｜ 03-335-9366

總 經 銷｜知己圖書股份有限公司

地　　址｜台北公司 台北市 106 大安區辛亥路一段 30 號 9 樓
電話｜ 02-2367-2044
傳真｜ 02-2363-5741
台中公司 台中市 407 工業區 30 路 1 號
電話｜ 04-2359-5819
傳真｜ 04-2359-5493

I S B N｜ 978-626-7606-07-0

製　　版｜軒承彩色印刷製版有限公司
印　　刷｜通南彩色印刷有限公司
裝　　訂｜智盛裝訂股份有限公司
倉　　儲｜書林出版有限公司

電子書總經銷｜聯合線上股份有限公司

初版一刷｜ 2025 年 1 月
定　　價｜新台幣 450 元

本書由桃園市政府文化局補助出版

國家圖書館出版品預行編目 (CIP) 資料
迷信的無神論者 / 陳夏民著 . -- 初版 . -- 桃園市 : 逗點文創結社 , 2025.1 印刷
256 面 ; 12.8x19 公分 . -- (言寺 ; 93)　ISBN 978-626-7606-07-0(精裝)　863.55 113019226